中央大学人文科学研究所　研究叢書72

芸術のリノベーション

オペラ・文学・映画

中央大学人文科学研究所編

中央大学出版部

まえがき

『芸術のリノベーション』というタイトルは、この研究チーム「芸術と批評」の前身、正確には三代前の研究成果である『芸術のイノヴェーション』を意識してつけたものである。タイトルについて考えている時に、過去のこのシリーズから続編的につけられないだろうかと思ったのだ。

「リノベーション」には「修理・改装」という印象が強いが、「革新、刷新、更新」という意味もある。そして何より、私の世代が批評の勉強を始めた八〇年代〜九〇年代前半には、「再読」「再考」という「再（Re-）」の付いたタイトルの論文や書籍が本当に多かったのである。「もう一度」あらたな目で作品を見なおし、新しいものとして生みなおそうとする行為としての批評をあつめた論集として、本書を世に紹介したいと思う。

本書には六本の論文が収録されている。前半には文学を題材にしたものが二本と映画を題材にしたものが一本、後半にオペラを題材にしたものが三本という構成になっている。いつもながら統一感のない構成ではあるのだが、それぞれに興味深いものとなっている。ここからの各論文の紹介を参考に、それぞれの論をお読みいただいて、そこで「再」発見したフレッシュな作品の姿を楽しんでいただければ幸いである。

早坂七緒「『菩提樹』変貌」は、シューベルトの歌曲集『冬の旅』第五曲の「菩提樹」の歌詞を、これまでの邦訳や解釈、受容のあり方について、最近発表された作詞者ヴィルヘルム・ミュラーに関する研究も取り入れて多角的に検討し、最終的にその検討を反映した新訳で結びとしている。

近藤朔風による有名な訳詞は「菩提樹」という木のイメージと相まって、この歌が平和と浄福に満ちた境地を歌っているかのような印象をあたえているが、ドイツ語でこの Lindenbaum が指す木は日本人が考えるものとは違う種類のものであり、この「セイヨウボダイジュ」はむしろ「死」を象徴するものなのだという。タイトルによる先入観を取り払った上で、早坂は次に「冬の旅」本文を文法的に精査することで、この木からのささやきに強い死への誘惑を聴きとることを主張する。

そして早坂は、この詩の書かれた時代背景にも注目する。「冬の旅」に詩を提供したミュラーは「ギリシア人ミュラー」「ドイツのバイロン」とあだ名されるように、ギリシア独立戦争を応援することで自国では不可能な自由主義運動の展開を期待し、『ギリシア人の歌』という作品を書いている。しかしまさにそれと同時代（一八二一年～二四年）に書かれているのが『冬の旅』であり、この二作は、ナポレオン戦争から戦後のウィーン体制にミュラーが感じた希望と絶望を表と裏のように描いたものとして提示される。ここにさらにシューベルトの個人としての悲劇、死に至る性病への感染が重ねあわされる。「ナポレオン戦争とその後のウィーン体制による軋み、時代の呻吟を二人は避けることができなかった。一八二〇年代のいわば世界苦を甘受して表現する、詩人と作曲家の稀有な接触の果実が『冬の旅』ではなかったか」。以上の考察を踏まえた上での早坂訳「リンデンバウム」を通し、この詩の作品像をあらためて考える機会を提供したい。

ベンヤミン研究者の岩本剛は、この思想家の『パサージュ論』で有名な「遊歩者（Flaneur）」の現代的変容について、「ヴィルヘルム・ゲナツィーノにおける〈浮浪者〉のモティーフについて――『フランクフルト詩学講義』と『そんな日の雨傘に』を手がかりに」で論じている。

ヴィルヘルム・ゲナツィーノは、一九四七年生まれのドイツの作家で、国内で最も重要な文学賞のひとつであるビューヒナー賞も二〇〇四年に受賞している。本論によれば、彼は二〇〇五／二〇〇六年の冬学期、フランクフルト大学で行った講義のなかで、モダニズム期都市文学と現代都市文学のあいだの連続性／不連続性を論じつつ、長らく都市文学の主人公の地位を占めていた「遊歩者」は、いまや「浮浪者（Streuner）」に変容したのだと述べている。産業経済の要請に即した都市改造の結果、近代的に改造されたパリからは個性をもったパサージュが失われ、単なる経済活動の書割と化した街の中には没個性的な商品空間としてのデパートがあるばかり。「遊歩者」が享受していた都市ならではの美的な経験、自分だけの個人的な瞬間を獲得することは、「浮浪者」にはもはや不可能だ。都市の経験可能性を奪われた「浮浪者」は、また同時に経験主体としての自我のアイデンティティを奪われてしまう。「浮浪者」は、いわば二重の意味で「追放された人間（displaced person〔難民〕）」とされる。

岩本は、ゲナツィーノの出世作となった小説『そんな日の雨傘に』（二〇〇一年）の主人公を、そのような「浮浪者」の典型として紹介する。主人公は、徹底的に定職を持つことを拒否することによって、社会が規定した型にはまった「アイデンティティ」を受け入れることを拒否する。この作品の読みどころでもある主人公の「譫言」のようなモノローグは、さまざまな衝突や逸脱を内包したカオスであるが、「浮浪者」にとってはこの「譫妄の劇場」は自作自演のエピファニーを得ることができる場でもあり、アジール（避難所）でもあるのである。

「浮浪者」は、個人の社会的アイデンティティを欠いた自身の「追放」状況を逆手にとって、むしろこの「追放」を、個人に社会的アイデンティティを強いる「同一性の強迫」（アドルノ）からの「逃走」の契機とする。かつてならおそらく「遊歩者」でありえた人々が、現代では「浮浪者」として、名も職も、自分を既存の社会アイデンティティに縛り付けそうなすべてのものから、まるで密偵のように巧みに逃走を続けるのである。ゲナツィーノにおける「浮浪者」のモティーフは、現代都市文学の境位、そして現代社会における個人の自由の可能性について考える上で重要な示唆を与えるものであると岩本は論ずる。ベンヤミン研究者ならではの現代小説へのイントロダクションであると言えるだろう。

映画論は一本である。伊藤洋司「映画と食べること」は、伊藤の映画作品に対する膨大な経験値をもとに、映画における食べることの主題を考察している。ルイ・リュミエールが撮影した『赤ん坊の食事』からすでに映画は食事の行為を描いていた、と伊藤は指摘する。本論の魅力は、こうした映画黎明期から現代に渡って、世界中の娯楽大作からマニアックな映画、日本のポルノ映画に至るまでの圧倒的に広範囲にわたるデータをもとに論じているところである。そこで、ここでの紹介にもその一部を織り込んで紹介していく。

伊藤論文はこの「起源」から出発して、貧しい食事と富める食事を比較し(『糧なき土地』『散り行く花』、『モダン・タイムス』、『愚なる妻』、『マリー・アントワネット』、『イントレランス』、『或る夜の出来事』、『アイアンマン』)、家族や友人、知人たちとの食事の場面(『妻の秘蜜~夕暮れてなお~』、『赤線地帯』、『非情城市』、『市民ケーン』、『めし』、『家族ゲーム』)を分類した後、恋愛と食事の関係を分析する。食事は、家族や恋人、たまたま居合わせた人々などさまざまな単位でのコミュニケーションの場として機能するのである(『恋恋風塵』、『カバーガール』、『緑の光線』、『早春』、『駅馬車』、『たそがれ酒場』、『リバティ・バランスを撃った男』)。

さらに食事はエロス、さらにはタナトスと深く結びついていることが示される。食事という行為そのものがどこか性的な性格を帯びており、食事という行為に性的な欲望や行為が直接に結び付けられたり(『草の上の昼食』、『狂った果実』、『美人妻白書　隣の芝は』)、ときにその行為自体があからさまにエロティックなものとして描かれることもある(『西瓜』、『覗かれる人妻　シュレーディンガーの女』)。こうした食事とエロスの結び付きの反転として、食事と死の欲動があり(『ツィゴイネルワイゼン』、『殺しの烙印』、『エグザイル／絆』、『ビリー・ザ・キッド』、『ビリディアナ』、『暴行切り裂きジャック』、『ファントム・スレッド』、『ブリキの太鼓』)、その極北にカニバリズムがあるとする(『食人帝国』、『ソイレント・グリーン』、『コックと泥棒、その妻と愛人』、『羊たちの沈黙』、『カニバ／パリ人肉事件38年目の真実』、『トランス／愛の晩餐』)。

そして最終的に、エロスとタナトスが統一される欲動一元論の立場から、食事の行為も、さらには映画文化さえもこの一元論的な欲動に基づいていると結論する。本論もまた、「映画」そのものに対する欲動につき動かされた貪欲なガストロノームの、際限なき飽食の記録かもしれない。

後半三本は、オペラに関する論文である。小林正幸「自画像の変容――ツェムリンスキーの歌劇《侏儒《こびと》》が成立するまで」は、アレクサンダー・ツェムリンスキーの個人史と同時代の激動の音楽史を振り返りながら、代表作《侏儒》の作品像をとらえ直そうとする試みである。

かつての恋人、アルマ・マーラー＝ヴェルフェルによる「醜いユダヤ人」という表現は、彼の人物像が取りざたされる時にはほぼ必ず引用される。彼女からの拒絶によるトラウマは一生彼を解放せず、一九二二年に作曲された歌劇《侏儒》に登場する「醜い侏儒」は作曲家本人の自画像であり、この自虐的な行為によって自らを慰めたという話は、真偽を詮索されることすらなく広まっている。小林は、交響詩《人魚姫》から歌劇《夢見るゲルゲ》《馬子にも衣装》《フィレンツェの悲劇》など、《侏儒》に至る作品群と、ツェムリンスキーをめぐる伝記的要素を再確認しながら、《侏儒》で描かれている苦しみは、アルマ絡みのものというよりは、同時代の音楽史的展開の中での自分への評価をめぐるものなのではないかと論じる。

世紀末転換期のウィーンでは、旧世界が崩壊していく近代化のプロセスの中で、新時代における自分のアイデンティティを求めていく「ウィーン・モデルネ」という社会的・文化的現象が生じた。音楽界で言えば、「モデルネ」はマーラーやリヒャルト・シュトラウスの世代に始まったが、それに続く時代にはシェーンベルクら新ウィーン楽派による「前衛的なモデルネ」に大きな注目と進歩史観的な高評価が与えられたため、ツェムリンスキーら「穏健なモデルネ」には長く退嬰的な守旧派というレッテルが貼られてきた。「醜い」という、容姿について外部から否定的に評価される主人公をいただく《侏儒》は、「時代の刹那的審判によって下された「穏健なモデルネ」への否定的判決の全体的構造を明示しているのかもしれない」という指摘は興味深い。

実際、評価とは「美」同様相対的なもので、現在ではツェムリンスキーの諸作品への再評価は進んでいる。小林は、時代の最先端の価値観での優劣を考える立場から一歩引き、人間的な普遍的価値観から全体を見る「穏健なモデルネ」精神の源流として、彼がトルコ系ユダヤ人を母に持ち、ウイーンユダヤ社会の中でもスペイン系ユダヤのセファルディーに属していたことをも指摘している。ツェムリンスキーの音楽について考える上で重要なさまざまな要素が立体的に集められており、この時代の音楽史・社会史を違う角度から眺めるための有益な視座が提供されている論文と言えるだろう。

新田孝行「現代オペラ演出における文化的参照の問題――クリストフ・ロイ演出《影のない女》（二〇一一年）について」は、題名にあるロイ演出《影のない女》を具体的な題材として使いつつ、演劇演出の分析などを参考に、現代のオペラ演出分析を精緻に理論化していこうとする試みである。

新田は、現代のオペラの演出における文化的参照――「ある特定の文化に関連した諸々の事柄や事実を参照すること」――の特別な重要性を指摘する。オペラでは設定の変更に演劇ほどの違和感がないため、単なる読み換え、あるいは解釈以前の「文化的参照」によって原作を生まれ変わらせることが演出家には可能なのだというのである。

新田はまず、オペラ演出における文化的参照について、「明示的参照」、「承認された参照」、「暗示的参照」の三つのレヴェルに整理する。その上で、ロイ演出《影のない女》（二〇一一年、ザルツブルク）の批評的受容においては、ロイ自身によって「承認された参照」、すなわち、一九五五年冬に行われたカール・ベーム指揮の同オペラの初の全曲録音の舞台裏という設定が多くの批評で話題となった一方で、「暗示的参照」、すなわち録音のためにスタジオとして使われたソフィーエンザールの歴史、特にナチスやホロコーストとの関係を指摘する評は少なかったことを指摘し、むしろそこにこそ皇后の「影」や「生まれざる子供たち」についての演出家のクリエイティブな解釈が読み取れることを示した。これらの「暗示的参照」はどこまでも論者の「解釈」でしかありえない事は断りながらも、それが「演出家の言葉を踏まえて演出を見直すことで遡行的に立ち現われる、あるいは、それまで理解できなかった細部が理解できるようになる、隠された参照」としてどれだけ上演理解を豊かなものにするかを示し、オペラ演出解釈の上での積極的な「暗示的参照」への踏込の必要性を主張する。

今回の新田の分析は、実際の舞台を見てのものではなく、むしろインタビューや批評を意識に織り込んだ上で映像を何度も見る、という、文学作品の解釈に近い方法が提示されている。最近は、演出の複雑化・情報増加の傾向と合わせるように、欧州の歌劇場がますます熱心に映像配信に取り組むようになっている。彼が言うように、世界中の人が長期にわたって参照できるデータとしての上演映像を基礎として、「演出」を演出家のクリエイティブな「再創造作品」として読み込む、そういうオペラ鑑賞のあり方も、必然的に、確実に広がっていくだろう。また、「文化的参照」の三つのレヴェルの定義など、演出分析方法の紹介、整理、精緻化への努力も、今後に参照・利用されていくであろう本論の功績である。本書のハイライトとして、ぜひお読みいただきたい。

森岡実穂「細川俊夫《班女》における実子の「絵」の役割――フロレンティン・クレッパー演出および岩田達宗演出を通して」は、むしろ、同時代作品の地方での上演という二重の意味で多くの人にアクセスしにくい上演についてフィールドワーク的に記録を残し、《班女》という作品の解釈可能性の拡大を論じるものである。

能『班女』をもとに三島由紀夫が書いた『近代能楽集』の一篇である戯曲「班女」には、原作にはない実子という女性が登場し、自分を捨てた男である吉雄を「待つ」女・花子を囲っている。この戯曲の英訳版を台本としたオペラ版のこれまでの上演では、基本的にこの三人の恋愛の三角関係にのみ焦点が当てられてきた。作曲家細川による、オペラ台本化した際の若干のカットにもそれを強調する方向性が見られることを考えると、それは当然の流れである。だが直近のベルンおよび広島での上演では、まさにこの実子が画家であるという設定を通して、これまでとは違う斬新な解釈が展開している。画家という職業故に、「絵」という、さまざまな要素を具体的に付加していける媒体を舞台に持ち込める意義は大きい。まずはその実例を《ルル》《画家マティス》を通して示した上で、各上演分析に入る。

ベルンでのクレッパー演出では、実子はビデオを素材として撮り続けるパフォーマンス・アーティストであり、「アーティストとしての実子」像が作品の重要な要素としてクローズアップされ、芸術家としての葛藤と恋愛問題が絡み合い、新しい時代の「芸術家オペラ」的なものとして生みなおされた感もある。岩田達宗演出では、実在の現代日本画家である松井冬子の作品のイメージを使った「待つ女」の「絵」を登場させ、花子の存在のあり方、実子の視線のあり方を顕在化し、それぞれの観客により鮮やかなイメージを持ってもらうことに成功したと言っていいだろう。

二十一世紀に書かれたばかりの新作だからこそ、「新しい解釈」が新しい作品像を提示してくる新鮮な感動は大きい。また、小回りのきくサイズの劇場だからこそ、スターの登場する大劇場とは違う、個性的な方針を打ち出した上演が可能な部分もあるだろう。今回の二本の面白さと革新性を伝えることで、同時代の作品・多様な劇場の存在に興味をもっていただければ幸いである。

二〇一九年十月

研究会チーム「芸術と批評」

主査　森　岡　実　穂

目次

『菩提樹』変貌

早坂七緒

一　はじめに

「泉に沿いて繁る菩提樹…」で始まる近藤朔風（一八八〇年〜一九一五年）訳による「菩提樹」を知らない日本人はほぼいないだろう。最終行は「ここに幸あり」が繰り返されており、なんとなく穏やかな、平和な境地を歌っているように感じられるし、それゆえに愛唱歌になっているとも思われる。

しかしシューベルト作曲『冬の旅』（一八二七年）の第五曲「Lindenbaum」は、ほんとうにそういう歌なのだろうか。第一曲「さらば」（Gute Nacht）から第二四曲「辻音楽師」（Der Leiermann）まで全曲を聴いたひとは、これが将来への希望を失って夜中に町を去って行く青年の、暗い心境を歌った歌曲集であることが分かるだろう。かつて吉田秀和が「凄絶」と形容した作品である。

作曲するためには歌詞が要る。この詩はヴィルヘルム・ミュラー（一七九四年〜一八二七年）がドイツの雑誌「ウラーニア」に発表した「冬の旅」一二篇（一八二二年）およびその「続編」(1)（一八二四年）一二篇、合計二四篇の詩がベースになっている。シューベルトはこのW・ミュラーの詩に深い共感を覚えたからこそ、「凄絶」な作品を産み出すことができた。

ここ数年間で、詳しいW・ミュラー研究書および論文が複数発表されており、W・ミュラーとシューベルトが生きた時代と二人に共通する意識を推測することが可能になっている。

本稿の前半は、第五曲Lindenbaumを「菩提樹」と訳すのは適切ではない、という渡辺美奈子氏の指摘から始まる。(2)（渡辺：一一頁）冬には落葉して枝のみの「死」の木ともなるLindenbaumに「セイヨウボダイジュ」という和名がつけられたことから、混乱が生じている。それゆえ第三節では、文法学者の関口存男の解釈、およびトーマス・マンが『魔の山』に書いた、「死への誘惑」を確認する。以上を踏まえて第四節では、「菩提樹」の独り歩き、つまりボタンの掛け違いのような曲名のために、ときに滑稽な現象があちこちで起きていた例を紹介する。一般に「菩提樹」がありがたいお経のようにイメージされていたため、見当違いがあったり、あるいはLindenbaumは菩提樹とは違うと知っているために苦労した方々の例もある。最終節ではW・ミュラーとシューベルトの状況を突き合わせて考察する。一見「冬の旅」とは無縁のようなW・ミュラーの『ギリシア人の歌』もまたW・ミュラーの絶望の裏返しであり、シューベルトの絶望と火花をあげて溶け合った、希有な傑作が『冬の旅』であるとみなすことができる。本稿はウィーンのシューベルト協会の再三にわたる助言を得て執筆された。(3)

二　Lindenbaumは「菩提樹」ではない

「泉に沿いて繁る菩提樹…」で始まる近藤朔風による訳詞は、とりわけ戦後の学校教科書にも多く採用されており、(4)ほぼ日本人の愛唱歌といってよいくらい親しまれている。最終行は「ここに幸あり」と訳してあり、釈迦がその下で悟りを開いたと伝えられる菩提樹のイメージと相俟って、なんとなく平和と浄福に満ちた境地を歌っているように受け止めるのが一般的であるようだ。

ところが渡辺美奈子氏は二〇一七年刊の著書で、Lindenbaumと菩提樹とはまったく別の植物であり、Lindenbaumは「リンデの樹」とすべきであると唱えた。[5] 具体的には、

A　菩提樹　通称インドボダイジュ（*Ficus religiosa*）バラ類バラ目クワ科イチジク属（ガジュマル等）の一種。インドの国花であり、サンスクリット語ではbodhidruma。無憂樹・沙羅双樹と並び仏教三大聖樹の一つとされる。梵：बोधि; bodhi、巴（パーリ語）のbodhiを音写して菩提樹となった。智、道、覚と訳す。ブッダがその下で悟りを開いた。

B　Lindenbaum, Linde　通称ナツボダイジュ／別名ヨウシュボダイジュ（*Tilia platyphyllos*）、およびフユボダイジュ（Tilia cordata）の総称。バラ類アオイ目アオイ科（以前のシナノキ科を含む）[6] シナノキ属の一種。落葉広葉であり高木。自由、恋愛、死を象徴する。

生物の分類学にしたがえば、どちらもバラ類rosidsに属する。

図1　インドボダイジュ　在インド日本大使館　提供

しかしインドボダイジュは「バラ目クワ科イチジク属」に分類される。他方リンデンバウム（Lindenbaum）は「アオイ目アオイ科シナノキ属」に分類される。これがどれほど隔たっているか。動物と植物では、使われる分類階級の名称は同じなので，わかりやすいようにハツカネズミとヒトを見てみよう。

ハツカネズミは動物界、脊索動物門、哺乳綱、ネズミ目、ネズミ科、ハツカネズミ属である。一方ヒトは、同じく動物界、脊索動物門、哺乳綱に属するが、ネズミ目ではなくサル目に分類される。その中のヒト科、ヒト属となる。おなじ哺乳綱だからといってハツカネズミとヒトとを同じ生物だとする生物学者はいないだろう。同様に、バラ類（綱）だからといって、目も科も属もちがうインドボダイジュとLindenbaumを同じ植物だとすることは不可能である。

図2　冬のLindenbaum（Winterlinde）© Photofascination Reinhard Strickler CH

いったい誰が、いつ、何の必要があって「シナノキ属」のLindenbaumに和名（通称）「ボダイジュ」を与えたのだろうか。もともと釈迦の覚りとも、インドの元祖菩提樹とも何の関係もないLindenbaumは、「菩提樹」と名付けられたお蔭で、ありもしない含意、暗示的情緒をまとわされている。

調べてみると、これにはやむを得ない歴史上の経緯があった。まず元祖・和名インドボダイジュ（*Ficus*

religiosa）は紀元前，それもおそらく数百万年前から南アジアに生育していた。とはいえ日本など北方アジアには分布していないので、日本人にとって明治までは存在しないも同然だった。他方シナノキ（*Tilia japonica*）は日本にも自生する種であって、[7]古くから中国および日本全土（九州から北海道まで）に生育していた。さらにLindenbaum（*Tilia platyphyllos* ないし *Tilia cordata*）はドイツ語圏を含むヨーロッパ北部に広く自生していた。この三種の植物は、明治の頃までは互いにまったく無関係に生育していたわけである。

ところが中国では古くから、「聖樹」インドボダイジュが寒い中国で生育できないことから、葉の形が似ているシナノキ属の Tilia miqueliana Maxim.（当時は今日のような植物学的分類は未発達であり、もちろんラテン語の学名もなかった）を「菩提樹」と称して仏教寺院に普及させてきた。いわば「代用菩提樹」である。この代用菩提樹の種子を臨済宗の開祖栄西（一一四一年～一二一五年）が中国から日本に持ち帰った。[8]平安時代以降、日本人はこの Tilia miqueliana Maxim. を「菩提樹」としていた。

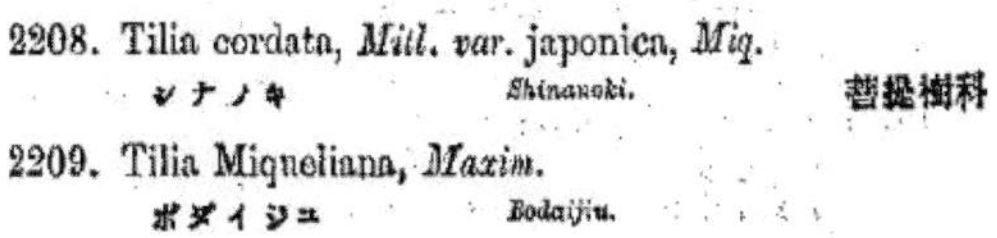
2208. Tilia cordata, *Mill. var.* japonica, *Miq.* シナノキ *Shinanoki.* 菩提樹科

2209. Tilia Miqueliana, *Maxim.* ボダイジュ *Bodaijiu.*

図 3　松村任三『日本植物名彙』東京丸善、1884年、191頁。国立国会図書館デジタルコレクション

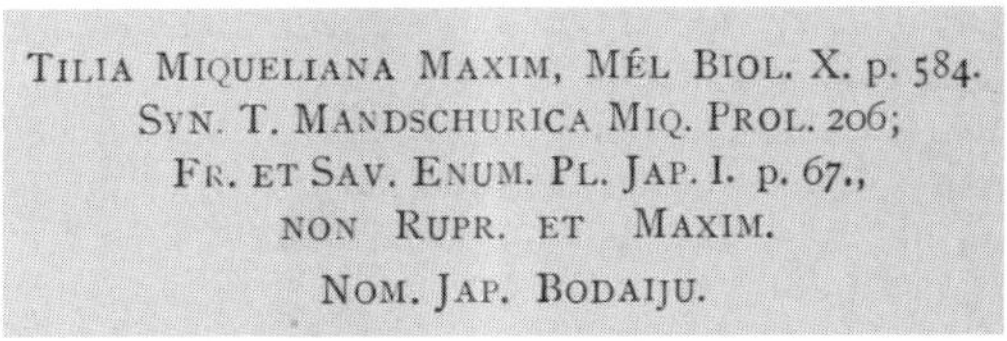
TILIA MIQUELIANA MAXIM, MÉL BIOL. X. p. 584.
SYN. T. MANDSCHURICA MIQ. PROL. 206;
FR. ET SAV. ENUM. PL. JAP. I. p. 67.,
NON RUPR. ET MAXIM.
NOM. JAP. BODAIJU.

図 4　白沢保美「東京帝國大學農科大學學術報告 v. 4」、1900年、160頁。国立国会図書館デジタルコレクション

　さて一八八〇年、ロシア人のマキシモヴィッチが新種として Tilia miqueliana Maxim. を発表（ただしボダイジュという和名はつけられていない）。これは平安時代以降「菩提樹」と呼ばれてきたものであるから、一八八〇年から一九〇〇年にかけて、日本の植物学者が和名（通称）「ボダイジュ」を命名したわけである。松村任三は『日本植物名彙』（一八八四年）において、Tilia miqueliana Maxim. を和名ボダイジュとし、白沢保美も「東京帝國大學農科大學學術報告 v. 4」(一九〇〇年) でそれを踏襲している (ただしこの論文には Lindenbaum にあたる Tilia platyphyllos の記載はない)。そしてその数年後に日本の植物「シナノキ」と「ボダイジュ」は似ているけれども、詳しくみると相違していることを、東京博物学研究会が「面白き植物」(一九〇七年) で述べている。ここまではごく自然な流れであって、日本の植物学会に何の落度があったわけでもない。

問題は「シナノキ」や「菩提樹」と違って、日本にとって新参者のドイツ語 Lindenbaum に、どのようにして「菩提樹」という訳語が充てられたかである。おそらく初期の独和辞典作成者は、オランダ語と英語を参照したであろう。すでに明治以前に充実していた蘭学においてオランダ語 lindeboom にどんな訳語が付されていたか、英語 lime tree は明治維新前後にどう訳されていたかについて、今のところ筆者には調査する余力がない (本稿二七頁追記参照)。

近藤朔風がW・ミュラーの「菩提樹」を訳したのは一九〇九年[9]であるから、おそらく Lindenbaum の和訳は「菩提樹」でほぼ定着していたと推測される。西田治文氏 (注7) によれば、ラテン語の学名は厳密に管理されているけれども、和名 (俗称) はそれほどでなく、文学などその時の趨勢により名付けられることも少なくないという。そして比較的新参の Lindenbaum の学名は Tilia platyphyllos ないし Tilia cordata、「シナノキ」は Tilia japonica、「菩提樹」は Tilia miqueliana Maxim. で、すべてシナノキ科 (当時) シナノキ属 (Tilia) である。シナノキと菩提樹は区別する必要があるけれども、同じシナノキ属の Lindenbaum に「ボダイジュ」を充てても大過なかろう、となったと推測できる (おそらくラテン語の学名が出揃ったころには Lindenbaum ≒ 菩提樹が一般的になっていた[10])。

さて困ったことになった。誰が悪いわけでもないのだが、もともと釈迦が煩悩を断ちきって覚りに至った「聖樹」インドボダイジュと、愛と自由と死のLindenbaumと、それぞれ「象徴するものが逆」（渡辺：一一頁）の植物が、同じ「菩提樹」という名前を帯びることになってしまった。

この事情はすでに理解されているらしく、小学館大独和事典でLindenbaumを引くと、「（雅）シナノキの木」とのみ記載があり、現在「菩提樹」という訳語はない。

本稿では渡辺美奈子氏に倣ってLindenbaumを「リンデの樹」としたいところではあるが、すでに日本で百年以上「菩提樹」と呼ばれているので違和感は免れがたい。筆者は基本的にドイツ語のLindenbaumを使用し、日本語訳が必要な箇所では「リンデンバウム」とする。引用文献に「菩提樹」とある部分では「菩提樹」のままとする。なんとも紛らわしいことになるが、テーマの性質上やむを得ない。大方のご意見と時間をかけた定着状況に従いたいと思う。

分類学の祖リンネ（Carl von Linné 一七〇七年～一七七八年）の姓は、父ニルスが作ったリネウス（Lineus）という姓に由来するが、これは「庭に生えていた木（セイヨウボダイジュ）のスウェーデン語の名前にちなんでいる。[11]」つまりリンネは「Lindenbaum」を見て育ったわけだ。

三 「冬の旅」のLindenbaumは死への誘惑である

周知のように歌曲「冬の旅」は、遍歴職人がある町に来たが、親方《マイスター》にもなれず、結婚もできず、夜陰に紛れてひとり町を出て行くという話だ。第一曲「さらば（Gute Nacht）」には、Das Mädchen sprach von Liebe, die Mutter gar von Eh'（娘は愛を語り、母親は結婚さえ持ち出した）という箇所がある。これは、少々脈があったが結局失恋してしまった、というだけの内容でない可能性がある。「ミュラーの父は仕立職人親方で、彼が生まれた頃、手工業者は非常に厳しい状況にあった。当時の遍歴の義務化は、職人の過剰により、親方数を制限するための措置であることが多く、親方の息子以外の職人が所帯を持つには、親方の娘か寡婦と結婚する以外はほとんど不可能であった。」（渡辺：二六九頁）当時の遍歴職人は、いわば慢性的就職氷河期を生きていたわけだ。親方の所帯に住み込んでいたと推測される主人公は[12]（渡辺：二三頁）、親方の娘の愛も、もちろん寡婦でもない母親の愛を得ることもなく、夜陰に乗じて町を去る[13]。居場所がない、行き所もない。こういう青少年の陥りがちな心境は、語るまでもない。「Lindenbaum」の四聯には、Hier findest du deine Ruh'! とある。「ここできみは安らぎを見いだせる！」と訳すのが通常であるようだ。しかしドイツ語で die ewige Ruhe finden（永遠の安らぎを見いだす）、とは「永眠する、死ぬ」という意味である。ewig が入っていなくても、ドイツ人なら Ruhe finden に死の匂いを感じ取るのではないだろうか。筆者はあえて「ここできみは死ぬのがいいのだ！」と訳してみたい。最終聯には Du fändest Ruhe dort! とあり、「おまえは　あそこで安らぎを見いだせるのに！」などと訳すのが通例であるらしい。筆者は「おれはあそこで死ねばよかったのに！」と訳したい[14]。ただしこの訳にはウィーンのシューベルト協会から修正が加えられた。「枝のざわめきと、不安な逃亡者にささやきかける、死における解放、救済との謎めいた関連は、解釈の可能性として広く受け入れられています。あなたの書き換えは、どちらかというと読み込みすぎです。„Dort hätte ich vielleicht die Ruhe im Tod gefunden“《おれはあそこで死に安らぎを見いだせたかもしれなかったのに》ぐらいがよいのでは。フリードリヒ・レスキ、副会長[15]」

ここで注目すべき箇所が二つある。原文は Du fändest Ruhe dort! であるのに、レスキ氏が主語を ich にしていること、そして接続法Ⅱ式の時制が現在から過去になっていることである。つまり原文「君は安らぎを見いだせるのに！」が「おれは安らぎを見いだせた（かもしれなかった）のに」と変わっている。

ドイツ語文法の泰斗、関口存男はその著『接続法の詳細』の中の第二篇第四章「約束話法」で、たっぷり三頁を使って der Lindenbaum を解説している。その［備考］で、次のように書いている。

Du fändest Ruhe dort は、散文口調ならば Du hättest dort Ruhe gefunden でしょう。Du würdest dort Ruhe finden も考えられますが、この方はあまり面白くない。やはり hättest gefunden の方が「恨む」意味がはっきりと出ます。一たい完了形にする方が非現実的色彩がはっきりと現れます。(16)——

ここで関口が「恨む」と言っているのは、Lindenbaum が旅人に母のように、乳母のように、ざわめきながらこう言うからだ、「少し冷めたいかも知れないが、思い切ってドブンと飛びこんでごらん。あとはさっぱりして好い気持ちだよ。お母さんのところへ帰ったようなものだ。（……）あとはわたしが引受けるから、思い切って飛び込んでごらん！(17)」しかし主人公は「目をつぶって、《桑原々々》と云いながら、後をも見ずにさっさと通ってしまった」。——こうしてみると、次の第五聯で「冷たい風」が真っ向から吹き付けて帽子を飛ばすのも、主人公を逃すまいとする Lindenbaum の魔力の顕れのように思えてくる——関口は最後の Du fändest Ruhe dort を「母なる菩提樹の愚痴」とします。「最初の findest の時には、（……）實現の可能性を前提して直説法が用いてあったが、こんどはもう駄目だと諦めた後のこと故、愚痴のように fändest と云っています。」即ち「わたしの云う事を聞いてわたしの膝元へかえるとしたら」「安樂に成佛出來るのだらうになあ……という事です。」（関口：三〇〇頁）

以上の関口の解説により「Lindenbaum」の構成はほぼ明らかになっている。ただし最後の Du fändest Ruhe dort については釈然としない。Lindenbaum が愚痴るならば、Du fändest Ruhe hier となるべきではないか。

「dort あそこで」と思うのは、その場から離れている主人公である。そしてその一行前は Und immer hör' ich's rauschen：となっている、つまり感覚動詞 hören は es が rauschen するのを聴くのであり、es rauscht は「耳鳴りがする」など「脳裏に聞こえる」現象を言っている。es は非人称主語。もし「今なお樹の枝（Zweige）がこう囁くのが聞こえる」[18]という意味ならば、Und immer hör' ich sie rauschen：となっていなければなるまい。

以上の考察を踏まえて筆者は、最後の二行 Und immer hör' ich's rauschen：Du fändest Ruhe dort を「ずっと今もざわめきが聞こえる、おれはあそこで死ねばよかったのかも、と」と邦訳したい。

さてどんな風に死ぬか、にもヴァリエーションがある。関口は古井戸にドブンと身投げする、と想定しているが、先述のレスニ氏はリンデの樹に縄をかけて首を吊る（sich erhängen）という形を考えている。[19]渡辺氏は凍死である（渡辺：九四頁）。冬のドイツであるからその場で眠れば一件落着というわけだ。

トーマス・マンが『魔の山』の終章（第七章）の後半、「楽音の泉」の節でシューベルトの「菩提樹」を論じていることはよく知られている。サナトリウム・ベルクホーフのサロンに新規に最新型の電蓄が設置され、主人公ハンス・カストルプが「世話係」を買って出て、折を見ては膨大な楽曲のコレクションからさまざまな曲を聴く。とりわけ気に入ったのが「菩提樹」だった。マンはテノール歌手がどのように歌い上げるか等について一通り説明したあと、[20]この歌がハンス・カストルプの生とどのような関係にあるのか、慎重に縷々説明する（この説明が「菩提樹」の部分の大半を占めている）。

「菩提樹の歌」の背後にある世界は、彼［ハンス・カストルプ］の良心の予感によれば、禁断の愛情の世界（eine Welt verbotener Liebe）であったが、その世界はどういう世界であったろうか？
それは死の世界であった（Es war der Tod.）[21]。

トーマス・マン自身、こう記したあとに「なんというまわしい暴言だろう。」と続けている。だがさらに続けて（主人公ハンス・カストルプの思考、もしくは予感にみちた半思考のかたちで）、「しかし、あの愛すべき歌の背後にはやはり死がかくれている。あの歌は死とつながりがあって、そのつながりを愛するのはいいが、その愛がある意味で不健康な愛であることは、予感的に、陣取りによって（regierungsweise）、はっきりと感じておくべきである」と記している。

「生は死の病気」という大枠のある『魔の山』だから、死の世界を愛する「逆行（Rückneigung）」現象はむしろとどめようのない、根源的な傾斜なのであろう。それゆえにこそ、（同様にハンス・カストルプの半思考によれば）「責任感をもつ（……）生命愛、有機界への愛の目からは、正当な理由から疑わしい目でながめられ」る。この愛は「克己によって克服すべき対象なのである」。

周知のように『魔の山』の最終頁でハンス・カストルプは第一次世界大戦の戦場にいる。破砕性砲弾の手前で伏せ、炸裂のあとに泥まみれの足を引きずりながら蹌踉と歩き始め、無意識に歌う。

Und sei — ne Zweige rau — schten,　（枝はそよぎぬ、）
Als rie — fen sie mir zu —　（いざなうごとく）(22)

すでに見たように、ハンス・カストルプがこのようにLindenbaumを歌うのは、もはや死の世界への共感からではないだろう。この愛は「克己によって克服すべき対象なのである」のだから。

四 「菩提樹」の独り歩き

前節で見たように、Lindenbaumに死への誘惑を聴きとるのが、大方の傾向であると言ってよい。ところが日本においては、まるで別な含意（Konnotation）を前提とする傾向が支配的であるように思われる。これは、もともと異なる三種の植物に、同じ菩提樹という紛らわしい名前が付けられたことから起こった。(23)

摂待や菩提樹陰の片庇　　蕪村

という句がある。天明三年（一七八三年）、江戸時代の作品。(24) 寺の門前などに湯茶を出しておいて修行僧などに振舞うのが摂待《せったい》であって、釈迦がその下で悟りを開いたという菩提樹の蔭の片庇《かたびさし》の下で、ちょいと喉を潤す、やれやれ、まずはホッとしたわい、ありがたやありがたや。といったところか。この菩提樹は、平安時代以来「菩提樹」と呼ばれてきたシナノキ属のTilia miqueliana Maxim.（つまりニセボダイジュ）であろう。もちろんバラ類バラ目クワ科イチジク属の通称インドボダイジュ（Ficus religiosa）とは何の関係もない。

他方、蕪村よりはるか以前にミンネゼンガーのヴァルター・フォン・デア・フォーゲルヴァイデ（一一七〇年頃～一二三〇年頃）は"Unter den Linden"（邦訳「ぼだい樹の木かげ」）を作っている。

Under der linden　　ぼだい樹の木かげ
an der heide,　　あの草原は

dâ unser zweier bette was,
dâ muget ir vinden
schône beide
gebrochen bluomen unde gras.
Vor dem walde in einem tal,
tandaradei,
schône sanc diu nahtegal.

あたしたちふたりの寝床があったところ、
花も草も
すっかり折れているのが
見えるでしょう。
谷あいの森のはずれ
タンダラダイ
すてきな歌をナイチンゲールがうたいました。
（高津春久　訳）(25)

図5　カウルバッハ　Unter den Linden.
© Harvard Art Museums/Busch-Reisinger Museum, Gift of Mrs. Herbert L. Sakerlee

「少女を愛する歌」（Mädchenlied）ないし「対等の恋の歌」とも呼ばれるこの「低いミンネの歌」は、「ドイツ中世の恋愛詩の中で最もよく知られた」歌とされる。宮廷の格式に縛られた「高きミンネ」も教訓詩ほかも、数多のジャンルをこなしたフォーゲルヴァイデは、田園詩《パストゥレル》も作った。野外での騎士と羊飼いの女との出会いだ。目に見えない技巧を凝らして、少女のナイーヴな恋を歌っている。

図6　映画「菩提樹」DVD版ジャケット
© Beta Film

Lindenbaum が愛と自由をも象徴するように、この歌も愛らしく、のびのびとして解放されている。とはいえ釈迦が悟りを開いたという「菩提樹」（インドボダイジュ）の下で愛し合うのは、「菩提樹」の側から見れば煩悩、色欲ではないだろうか。なにしろ事は、野外での逢引きなのだから。翻訳した高津春久氏は「ぼだい樹」として「菩提」の文字を避けている。違和感を回避しようとしているかのようである。先に述べた蕪村の「菩提樹」と、このフォーゲルヴァイデの Lindenbaum に、おなじ「菩提樹」という表記を充てること自体に無理があるのだ。

　さて昭和の日本では、一九五六年のドイツ映画「トラップ一家（Die Trapp-Familie）」が『菩提樹』というタイトルで公開された。

　周知のように後にミュージカル『サウンド・オブ・ミュージック』、さらに映画となる作品で、なおかつその後『菩提樹Ⅱ』まで公開されている。どうして「トラップ一家」が「菩提樹」というタイトルになるのか。いかにも、亡命先ニューヨークの入国管理局で足止めされ、身元引受人を断りにきた興行師ペトロフ&ゼーミッシュの前でトラップ一家が乾坤一擲、Lindenbaum を歌って急転直下「契約成立」を勝ち取るところが映画の山場なのだから、Lindenbaum のもつ重みは分らないでもない。[26] それならなぜミュンヘンの映画制作者はタイトルを

Lindenbaum にしなかったのだろうか。おそらくドイツで Lindenbaum のもつ響きと、日本で一般的に「菩提樹」がもつ響きが同じではないからであろう。（かりにこの映画が日本で『シナノキ』というタイトルで公開されたら、文部省推薦になっただろうか?）

戦時中の話になるが、西村京太郎『十五歳の戦争』によれば、

私のいた都立電機工業学校では校長が狂信的なヒットラー崇拝者で、ドイツ語のわからない生徒に、「菩提樹」をドイツ語で歌わせたりして戦後公職追放になってしまった。[27]

中学生にあたる年齢の生徒が暗唱するとすれば、おそらく一曲全部は無理であろう。冒頭の四行、あるいはせいぜい八行までだったのではないだろうか。四行ならば . . . so manchen süßen Traum（美《うま》し夢みつ）まで。八行なら . . . Zu ihm mich immer fort.（訪《と》ひしそのかげ）まで、となる。なぜヒトラー崇拝者がシューベルトの"Lindenbaum"を生徒に歌わせるのか、謎というほかはない。

これは筆者の個人的体験だが、ある高齢の女性医師は岩手医科大学出身で、ドイツ語の授業でみなで「菩提樹」をドイツ語で歌ったという（その時点は戦後）。「あの頃がいちばん倖せだったわ」というので、筆者が「あの〈冬の旅〉は娘に振られて夜中に町を出て行く青年の話で、あんまり身につまされるからボクは聞きたくない」と話すと、「えっ！　そんな歌だったの!?」と驚いていた。

推測でしかないが戦中戦後の日本で「菩提樹」は、ドイツの叡智、ドイツの哲学思想が到達したと覚しき安心立命の境地のありがたいお経のようなものだったのではないだろうか。一般的に「冬の旅」全曲を理解するとか、「菩提樹」一曲の進行を正確に把握する人はそれほど多くなく、一つの曲のさらに一部をとらえて愛唱する

という、そういう「愛好家」がむしろ普通であったのではないだろうか。

以上とは逆の事例もある。「菩提樹」を避けて「リンデンバウム」という曲名を採用した音楽劇がある。「若きハイデルベルヒ」という難解なタイトルをもつミュージカル(28)では、主題歌「リンデンバウム」の歌詞は次のようになっている。

リンデンバウムの大きな幹に
愛の言葉を彫ってきた
リンデンバウムの緑の木陰
忘れな草が咲いていた
つの笛がわたる夕べの空
二人の愛の星が昇ってくる
私の好きな　好きな人
私の甘いくちづけ　あなただけに
（二番以降省略）

歌詞の内容は、フォーゲルヴァイデのLindenbaumと同じく、愛と自由の賛歌とみてよいだろう。タイトルを「菩提樹」ではなく「リンデンバウム」としたのは、インドボダイジュと、シナノキ属のLindenbaumとは違うということをはっきり認識してのことだろうと思われる。おそらく宝塚少女歌劇団にしっかりした学芸員(Dramaturg)ないし関係者がいたのだろう。敬意を表したい。

五　W・ミュラーとシューベルト

周知のようにシューベルトが出来上がったばかりの「冬の旅」を友人たちの前で歌って聞かせると、友人たちは、そのあまりに暗い内容に愕然としたと伝えられる。[29] してみると、「冬の旅」の暗い内容は友人たちの日常的感覚と共有されていなかったのだろうか。シューベルトひとりの、孤絶した感覚だったのだろうか。友人シュパウンは当時のシューベルトの様子を書き留めている。

シューベルトは時々陰気になり、疲れ切っているようだった。どうしたんだ、と聞いても「じきにわかるさ」としか言わない。ある日彼は僕たちに、「凄いリート集を歌って聴かせるから、今日ショーバーの家に来てくれ。君たちが何て言うか知りたくて、うずうずしているんだ。僕はどのリートを書いた時よりくたびれて、もうくたくたさ」と言った。[30]（…）

「冬の旅」は一八二七年二月にショーバー家で最初の一二曲、十月につぎの一二曲が作曲されたと伝えられる。この時期のシューベルトの心境はどのようなものだったのか。第一〇曲 Rast（休息）の三聯目に次のような部分がある。

In eines Köhlers engem Haus　　わたしは炭焼きの狭い小屋に
Hab' Obdach ich gefunden ;　　一夜の仮寝の宿を見つけたが、

この炭焼き（Köhler）には南イタリアの秘密結社「カルボナリ」が——当然ながら検閲の目をくらましつつ——

隠されている、と読み解く評者がいる。[31]「カルボナリの運動はウィーン体制に反対するヨーロッパ自由主義運動の中心組織として国際的にも支持される存在であった」[32]。一時は六万の党員を擁する地下組織だったが、一八三一年にはオーストリア軍の介入により制圧される運命にあった。[33]

そもそもヴィルヘルム・ミュラーが「ギリシア人ミュラー」（岡本：九一頁、岡市：九八頁）とか「ドイツのバイロン」とか称されたのは何故なのか、それは当時どのような意味をもっていたのか、概観してみよう。

一七八九年のバスティーユ襲撃に端を発したフランス革命により一七九二年にフランスでは王政が廃止されて共和制が発足する。周辺の諸王国が潰しにかかるとナポレオンが主導して反革命の外圧を退けるが、一八〇四年にナポレオン自らが皇帝に即位して、第一共和制は六年で終息する。ナポレオンはプロイセンをはじめドイツ諸邦を制圧して一八〇六年ライン同盟を成立させる（神聖ローマ帝国の終焉、W・ミュラーの生地アンハルト＝デッサウ公国は一八〇七年加盟）。一八一二年にロシア遠征に失敗したナポレオン軍は、一八一三年一〇月のライプツィヒの戦い（諸国民の戦争 Völkerkrieg）[34]に敗れ、一八一五年ワーテルローの戦い[35]で壊滅する。一八一五年、メッテルニヒの主導するウィーン会議において、フランス革命以前の旧体制の復活、維持が図られる。一八一九年のカールスバート決議によりドイツ同盟[36]における言論、出版、集会の自由は抑圧される。これによりいわゆるビーダーマイアー時代が始まり、一八四八年の三月革命まで続くことになる。

諸国民の戦争にはW・ミュラーも義勇兵として参加した。[37]岡市純平氏の「「自由の賛歌」：ヴィルヘルム・ミュラーの『ギリシア人の歌』について」[38]によれば、一八二一年三月のイプシランディスの蜂起に端を発した、オスマン帝国に対するギリシア独立運動を受けて、親ギリシア主義（Philhellenismus）と呼ばれる支援運動が巻き起こり、各国に委員会の設置、ヴォランティア斡旋、募金、義勇兵としての参戦などが見られた。バイロン卿が軍団を結成してミソロンギに乗りこんだのは一八二四年である。[39]この戦争は「ドイツ人にとっての代替機能」であり、「ドイツの自由主義思想を持つ者たちに自国で禁止されている自由主義運動を公然と支援する機会を提供した」とエーリカ・フォン・ボリースが述べているように[40]、対ナポレオン戦争でフランスからの解放を求めて戦った「自由、独立、統一を望んでいた自由主義者にとってギリシア独立戦争は、ウィーン体制を打破し、新たなヨーロッパを生み出す可能性をもつように思われた」。（岡市：一〇〇頁）『ギリシア人の歌』の基本的な柱は三つあり、「古代ギリシアと近代ギリシアの連続性」、「宗教」、「自由」[41]である。（岡市：一〇六頁）とりわけイスラム教対キリスト教という図式は、分りやすいものであって[42]、キリスト教を信仰する西欧列強にとって政治的に弾圧を加えることのできない論拠だった。（岡市：一〇五頁）[43]

W・ミュラーは一八二一年一〇月、つまり三月のイプシランディスの蜂起の七箇月後には『ギリシア人の歌第一巻』をデッサウで刊行し、亡くなる一八二七年まで『ギリシア人の歌』を発表し続けた[44]。W・ミュラーのギリシアへの関心は、一八一二年から一七年まで、中断を挟んでベルリン大学（一八一〇年に開学したばかり）でギリシア・ローマ古典文献学を学んだこと、一八一七年に二箇月間ウィーンに滞在し、露土戦争以来移住していてギリシア独立運動を支援するギリシア人と交流したことなどが主な理由として挙げられる。（渡辺：四八頁、一六六頁）

図7　ヴィルヘルム・ミュラー（Stahlstich von Weger und Singer, um 1840）© zeno.org

注目すべきは、『ギリシア人の歌』が書かれた時期の前半と『冬の旅』が書かれた時期（一八二一年～一八二四年）が重なっていることだ[45]。論者によっては、たとえば『冬の旅』の第一七曲「村で」の「犬たちは吠え、鎖がきしむ／村人たちは寝床でまどろみ／自分にはないあまたのものを夢見ては／よくも悪くも心をなぐさめる……」以下の部分に、ビーダーマイアー的な日常に安住するブルジョワ層に対する批判を読み取る[46]。とはいえ作品全体としては両者はかなり異なっているように思われる。

Die Griechen an den Österreichischen Beobachter

Du nanntest uns Empörer – So nenn' uns immerfort!
Empor! Empor! so heißt es, der Griechen Losungswort.
Empor zu deinem Gotte, empor zu deinem Recht,
Empor zu deinen Vätern, entwürdigtes Geschlecht!
Empor aus Sklavenketten, aus dumpfem Kerkerduft,
Empor mit vollen Schwingen in freie Lebensluft!
Empor, empor, ihr Schläfer, aus tiefer Todesnacht!
Der Auferstehungsmorgen ist rosenroth erwacht.

ギリシア人がオーストリアの観察者に向けて[47]

我らを反徒と名付けたか—よし、そういい続けるがよい！
高みへ！　高みへ！　これがギリシア人の合言葉だ。
高みへ、汝の神のもとへ、汝の権利のもとへ
高みへ、汝の父祖のもとへ、辱められし者たちよ！
高みへ、奴隷の鎖を脱し、よどんだ牢獄の汚臭を脱して、
高みへ、翼を羽ばたかせて生の自由な大気のなかへ！
高みへ、高みへ、眠れる者よ、深い死の闇の中より！
復活の曙光はバラ色に目覚めた

（後略）（岡市：一〇八頁）

岡市氏は次のように述べている。

『ギリシア人の歌』を読む読者の意識はギリシアに向かって飛翔し、そこで自由と独立、そして統一という希望を獲得し

て再びドイツへと帰ってくるのである。したがってこの作品は（…）列強政府を批判し、ドイツ民衆の覚醒を促してウィーン体制の打破を志向させる挑発的な傾向をもつ作品でもあるのである。

（岡市：一一三頁）

W・ミュラー自身「自由の賛歌」（Hymnen der Freiheit）と呼んでいた『ギリシア人の歌』は、このように高揚したアジテーションに満ちているものが多い[48]。それとくらべて『冬の旅』の詩句はどうだろうか。

Daß mir's vor meiner Jugend graut –
Wie weit noch bis zur Bahre!

僕は自分の若さが恐ろしい――
棺までまだなんと遠いことか！

（第一四曲「白髪の頭」より）

あるいは、

Krähe, (…) Meinst wohl bald als Beute hier
Meinen Leib zu fassen?

鴉よ（…）間もなくここで餌食として
僕の身体を啄もうというのか？

（第一五曲「鴉」より）

さらに、

Jeder Strom wird's Meer gewinnen,
Jedes Leiden auch ein Grab.

どの流れも海にたどり着き
どの苦しみも墓場に行き着くだろう

（第九曲「鬼火」より）

同じ詩人の同一時期の作品とは思えない、暗い内容ではないだろうか。おそらく両作品は、同じ深い「絶望」というコインの裏と表なのだ。ブレンターノは彼をWehmüller（痛ましいミュラー）と呼んだ。(49) Müller-In（ミュラー夫人ないし水車屋の娘）を獲得できなかったW・ミュラーの、解放戦争の義勇兵W・ミュラーの、万鈞の絶望からいわば反対方向に照射されたのが、両作品ではなかったか。

ほぼ同じ頃、すなわち一八二四年九月、シューベルトは友人ショーバーに宛てた手紙のなかに、次のような詩を記している。

Klage an das Volk
O Jugend unsrer Zeit, Du bist dahin!
Die Kraft zahlloser Volks, sie ist vergeudet,
Nicht einer von der Meng' sich unterscheidet,
Und nichts bedeutend all' vorüberzieh'n.

民衆への嘆き
おお、われらの時代の青春よ、君は潰え去った！
無数の民衆の力は、徒労に終わった、
群衆から傑出する者はただの一人もなく、
ひとはみな、意味もなく通り過ぎる。（以下略）

まず目にとまるのは、諸国民の戦い（Völkerkrieg）に参戦したVolkだろう。自由と独立、そして統一という希望に胸を膨らませた青春が、戦後のウィーン体制で圧殺された状況を踏まえている、と解釈することは充分可能である。シューベルトの友人たちにも、メッテルニヒの監視社会の害悪は及んでいた。周知のように友人セン（Senn）はウィーンから追放され、検閲官だった友人にして詩人マイアホーファーはのちに自殺した。(50) 自由な集まりだったシューベルティアーデは政治色を自粛せざるを得なくなっていた。それに加えてシューベルトの心を暗くする別の要素があった。性病である。
諸説あるけれども、一八一八年夏にゼーリッツ（Zseliz）にあるエステルハーツィー家の夏の館でシューベルトが音楽の家庭教師をした際に、同じ使用人棟で親しく交際した小間使いペピから感染したと伝えられる。[51] 当時梅毒は不治の病だった。唯一の治療法は水銀療法で、シューベルトはこの大量に擦りこまれた水銀の副作用で健康を害したと推測される。[52] 一八二三年五月に彼は「わたしの祈り」（Mein Gebet）という詩を書いている。その三聯目以下はこうだ。

Sieh, vernichtet liegt im Staube,
Unerhörtem Gram zum Raube,
Meines Lebens Martergang
Nahend ew'gem Untergang.

Tödt' es und mich selber tödte,
Stürz' nun alles in die Lethe,
Und ein reines kräft'ges Sein
Laß o Großer, dann gedeih'n.

見よ、塵芥のなかに埋もれ、
この上ない悔恨の生け贄となり、
わたしの人生は苦行となり、
永遠の破滅に近づいている。

この人生を、このわたしを殺せ、
すべてを三途の川に葬れ、
そして純な力にあふれるものを、
ああ、偉大な父よ、生み出したまえ。[53]

「ここにはいわば絶望の心理がそっくりそのまま映し出されていると言ってよい」。（喜多尾：二二一頁～）当時オーストリアには結婚の自由に制限があり、一家を支える充分な財産のないもの、教育、品行、国家への忠誠に欠けるものの結婚は許されていなかった。それゆえ男たちは長い独身時代を強いられることになり、性的欲望の処理は夜の姫君たちに見てもらうほかはないという事態になる。（喜多尾：二二二頁〜）

シューベルトは定職がなく、友人宅に居候として暮らしている、身長一五六cmの「マッシュルームちゃん」(Schwammerl) だった。ほんの一度ないし数回のアヴァンチュールで不治の病に冒され、水銀療法に苦吟する[54]、これはなんとも「地獄的」な状況ではないだろうか。

一見優雅なシューベルティアーデを構成する、三〇歳前後ないしより高齢の独身男性たちは、仕事を終えたあとは朗読会、音楽会、カフェ、居酒屋で憂さ晴らしをするほか仕方がなかった。友人達は少しずつ「シューベルトは病気だそうだ」と伝え合ったが、具体的な病名や治療の副作用については知らなかったようだ[55]。臨終の二日前に診断した二人の医師の一人フェリングは性病の専門家だった[56]。「じきにわかるさ」とシューベルトが言ったように、『冬の旅』作曲当時のシューベルトの心境は徐々に友人たちに共有できるものになったようである。

かりに神がいるとしたら、詩人W・ミュラーと作曲家シューベルトには、たっぷりと恩寵を垂れたのだと思われる。W・ミュラーは服職人の親方の息子だったにもかかわらず開学間もないベルリン大学で、フンボルトの理念に基づく大学教育を受け、数多の文人、芸術家と交流することができた[57]。詩才に恵まれたのはもちろんである[58]。シューベルトは貧しい教師の家に九人兄弟の一人として生まれ、経済的にも身体的にも恵まれなかったけれども、神学校の寄宿舎 (Konvikt) で才能を伸ばし、それ以来の多くの友人のサポートを受けた。音楽的才能に恵まれたのはもちろんである。とはいえナポレオン戦争[59]とその後のウィーン体制による軋み、時代の呻吟を二人は避けることができなかった。一八二〇年代のいわば世界苦を感受して表現する、詩人と作曲家の希有な接触の果実が『冬の旅』ではなかったか。W・ミュラーはシューベルトの曲を聴くことなく一八二七年に三三歳で死に、シューベルトは翌年の一八二八年に三一歳で死ぬ[60]。

その第五曲「Lindenbaum」には、あからさまな絶望や呪詛の言葉はない。きれいに均された表土の下に、冥府に通じる陥穽を秘めるようにして、Lindenbaum は静かに佇んでいる。以下に拙訳を付す。

Lindenbaum

リンデンバウム

Am Brunnen vor dem Tore,
da steht ein Lindenbaum,
ich träumt' in seinem Schatten
so manchen süßen Traum.

市門の手前、噴き井のそば
そこにリンデンバウムがある
その木蔭であれこれの
甘い夢を思い描いた

Ich schnitt in seine Rinde
so manches liebe Wort ;
es zog in Freud und Leide
zu ihm mich immer fort.

その幹にはいくつもの
好きな言葉を刻みつけた
嬉しい時も悲しい時も
リンデンバウムに引き寄せられた

Ich mußt' auch heute wandern
vorbei in tiefer Nacht,
da hab ich noch im Dunkeln
die Augen zugemacht.

今日も真夜中に旅立つときに
どうしてもそのそばを通らずにいられなかった
そこでぼくは暗がりの中で
しずかに眼を閉じた

Und seine Zweige rauschten,
als riefen sie mir zu :
komm her zu mir' Geselle,
hier findst du deine Ruh.

すると梢がまるで
呼びかけるようにざわめいた
わたしの処へおいで、仲間よ
おまえはここで死ぬのがいいのだよ

Die kalten Winde bliesen
mir grad ins Angesicht ;
der Hut flog mir vom Kopfe,
ich wendete mich nicht.

突然冷たい風が
まともに顔に吹きつけ
帽子が頭から飛び去ったが
振り向かなかった

Nun bin ich manche Stunde
entfernt von jenem Ort,
und immer hör' ich's rauschen :
du fändest Ruhe dort!

今やもうあの場所から
ずいぶんと離れてしまったが
まだざわめきが耳に響く
おれはあそこで死ねばよかったのかも！

〈追記〉すでに明治以前に充実していた蘭学においてオランダ語 lindeboom にどんな訳語が付されていたか、調べてみると、安政二年（一八五五年）に刊行された『和蘭字彙』に「Lindeboom. 菩提樹」と記載されていた(61)。明治初期の独和辞典は、オランダ語の辞書を踏襲して Lindenbaum を「菩提樹」としたと推測される。

当該箇所のオランダ語は、linde. z. v. lindeboom.（linde. 男性名詞 lindeboom）De linden zÿn een schadúwachtig geboomte. 現代オランダ語では、De linden zijn een schaduwgevend geboomte. これをドイツ語に訳すと、Die Linden sind schattenspendende Bäume.(62) となり、和蘭字彙の記述「菩提樹ハ多ク茂盛シテ大ニ蔭ヲナスモノデアル」が正確なものであることが分かる。

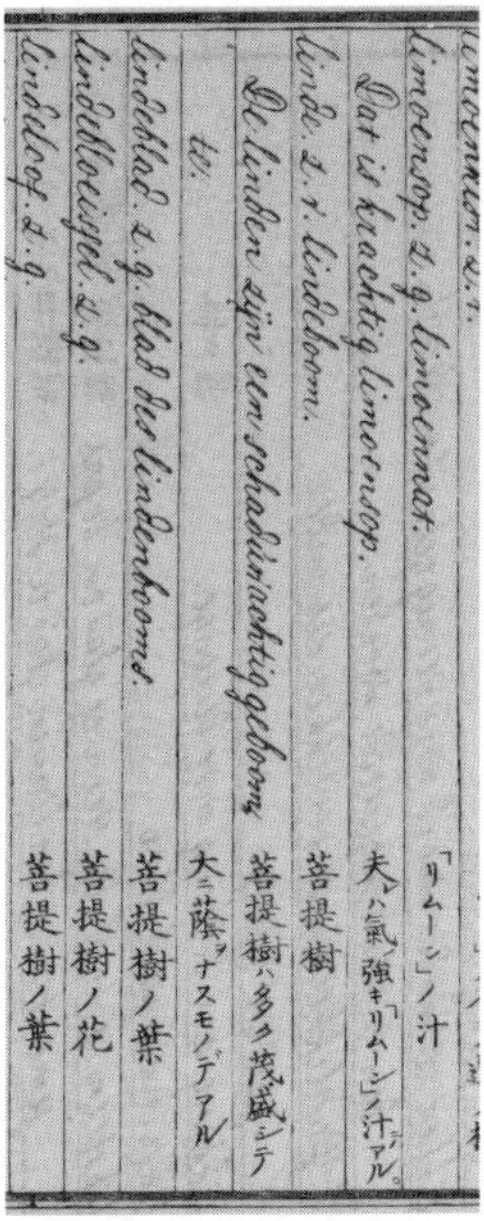

H. Doeff, 桂川甫周［校］: 和蘭字彙、巻四。1855年。人間文化研究機構国立国語研究所所蔵。なお二次使用は許可しない。

〈略号一覧〉

渡辺　渡辺美奈子『ヴィルヘルム・ミュラーの生涯と作品』、東北大学出版会、二〇一七年

関口　関口存男『接続法の詳細』第5版、三修社、一九六九年

オズボーン　Osborne, Charles: Schubert and his Vienna. George Weidenfeld & Nicolson Ltd. 1985. 岡美知子・訳『シューベルトとウィーン』、音楽之友社、一九九八年第二刷

岡本　岡本時子「連作歌曲集《冬の旅》から読むシューベルトとミュラーの生きた時代―時代を越えた政治的メッセー

ジ」（流通経済大学『社会学部論叢』第二八巻第一号、二〇一七年）

岡市　岡市純平「《自由の賛歌》：ヴィルヘルム・ミュラーの『ギリシア人の歌』について」（関西学院大学文学部『人文論究』六五巻三号、二〇一五年）

喜多尾　喜多尾道冬『シューベルト』朝日新聞社、一九九七年

（1）「続編」とはシューベルトの呼称。後半の一二篇は一八二三年三月にブレスラウの「ドイツ新聞」（Deutsche Blätter für Poesie, Literatur, Kunst und Theater）に五篇ずつ二回に分けて発表され、さらに二篇を加えて、前半とあわせて「冬の旅」二四篇が、一八二四年『旅する角笛吹きによる遺稿詩集　第二巻』として出版された。渡辺：九頁。

（2）引用文献の略語については、本稿末尾（二七頁～）の略号一覧を参照されたい。

（3）本稿は筆者が二〇一七年一二月に中央大学理工学部で行った最終講義「ドイツの三つの歌とムージル」のなかの「菩提樹」の部分を加筆訂正したものである。

（4）坂本麻実子氏によれば、一九四九年から二〇一五年にかけて近藤朔風の訳詞による「菩提樹」は中学校の音楽教科書（教育芸術社、教育出版社）、高等学校の音楽教科書（同右および音楽の友社）に採用されている。坂本麻実子「音楽教育と近藤朔風の訳詞曲」（『富山大学人間発達科学部紀要』一〇巻二号、二〇一六年）三三～四二頁。

（5）渡辺美奈子『ヴィルヘルム・ミュラーの生涯と作品』東北大学出版会、二〇一七年、一一頁。

（6）右記の渡辺氏の記載では「アオイ科」ではなく「シナノキ科」になっている（後述する南弘明氏の記載を踏襲したものと考えられる）。しかし西田治文氏（中央大学理工学部教授）によれば、新しい分類体系「ＡＰＧ体系」は、「シナノキ科」を「アオイ科」に吸収した。この被子植物に関する新体系（Angiosperm Phylogeny Group）は一九九八年に公表されたもので、ミクロなゲノム解析から実証的に分類体系を構築し、旧い分類法のエングラー体系やクロンキスト体系を過去のものとした。

（7）植物分類学については、西田治文氏、海老原淳氏（国立科学博物館、植物研究部）に再三にわたり助言を賜った。

（8）南弘明・南道子：シューベルト作曲　歌曲集　冬の旅　対訳と分析　国書刊行会　二〇〇五年、一一九頁～。

（9）坂本麻実子　近藤朔風とその訳詞曲再考　富山大学教育学部紀要A（文科系）五〇号、一九九八年、一六頁。
（10）南弘明（注8）によれば、フユボダイジュ（Tilia cordata）とナツボダイジュ（Tilia platyphyllos）の別があるという。Lindenbaum はナツボダイジュということになる。
（11）トミー・イーセスコーグ著、上倉あゆ子訳『カール・フォン・リンネ』東海大学出版会、二〇一一年、一二三頁。
（12）職人は三年以上の遍歴が義務づけられ、一箇所の滞在期間が三箇月から半年だった。高額を必要とする親方資格と市民権を得るには、親方の娘か寡婦と結婚する以外はほぼ不可能だった。職人の多くは日雇いになるか、長期間遍歴を続けるしかなかった。（渡辺：一二一頁）
（13）ただしこれはいわゆる「蒸発」のような職場放棄とは考えにくい。職人は「遍歴記録帳（Wanderbuch）」を携行しており、その後半には滞在地や日付の証明、サインや印影が並んでいた。（渡辺：一二一頁）おそらく主人公はすでに親方から遍歴記録帳に必要事項を記入してもらっており、翌日出発する予定であった。しかし翌朝を待たずに、前夜ひそかに出発したと推測される。
（14）周知のように、ドイツ人は自分に向かって du を使う。「俺って馬鹿だな」は「du bist dumm」となる。
（15）Sehr geehrter Herr Professor, / die geheimnisvolle Beziehung in Text (Wilhelm Müller) und Musik (Franz Schubert) des Zweigenrauschens im „Lindenbaum" auf die im Tod dem ruhelos Fliehenden winkende Befreiung, Erlösung gilt durchaus als eine akzeptierte Möglichkeit der Interpretation. / Ihre Wiedergabe des Schlusses „Ich hätte dort sterben sollen" geht eher zu weit, besser vielleicht : „Dort hätte ich vielleicht die Ruhe im Tod gefunden". / Danke für Ihr Interesse und Ihr freundliches Schreiben. / Mit freundlichen Grüßen / Friedrich Lessky / Vizepräsident. 二〇一七年一月一七日の筆者宛のメールより。
（16）関口存男『接続法の詳細』第5版、三修社、一九六九年、三〇一頁。
（17）関口：三〇〇頁。関口は Brunnen を古井戸としている。また Lindenbaum を女性にみたてている。志田麓は Komm her zu mir, Geselle を「ぼくのところへ来たまえ」として Lindenbaum を男性に見立てているが、テキストの seine Zweige（der Lindenbaum が男性名詞であるため）に引きずられたのであろう。畑中良輔・編『シューベルト冬の旅中声用』全音楽譜出版社、一〇一頁。

(18) 志田麓訳、前掲書。なお他の文献にも、(ich höre) es rauschen を菩提樹の枝のざわめきと解するものが少なくない。

(19) Manche Forscher haben übrigens den Text so gedeutet, dass der Leser seine "Ruhe dort" nur finden werde, wenn er sich an dem Baum erhängen würde, also im Tode. 二〇一九年二月二六日に筆者に宛てたレスニ氏のメール。

(20) トーマス・マンが所持し、くりかえし聞いたレコードではタウバーがLindenbaumを歌っていた。„Meine Lindenbaum-Platte war von [Richard] Tauber gesungen, sehr musikalisch und geschmacksvoll."（一九四三年一月一二日付のA. E. Meyer宛の手紙）Thomas Mann Briefe II 1937-1947. Hg. von Erika Mann, Frankfurt a. M. (Fischer) 1992 (11.-12. Tausend), S. 291. 木戸繭子氏（中央大学理工学部准教授）のご教示による。

(21) Mann, Thomas: Der Zauberberg Roman. G. B. Fischer, 1962 (fünfte Auflage, 71. bis 80. Tausend), S. 598. 関泰祐・望月市恵・訳『魔の山（下）』岩波書店、一九九八年、五三八頁。

(22) Der Zauberberg S. 657. 魔の山（下）六四八頁。

(23) 現時点では、命名者とその理由は明らかになっていない。米倉浩司・梶田忠「BG Plants 和名—学名インデックス」（二〇〇三〜）には、「Tilia platyphyllos Scop　ナツボダイジュ、別名　ヨウシュボダイジュ、セイヨウボダイジュ」とある。

(24) 上野洋三：蕪村書簡六通の紹介と検討。連歌俳諧研究。俳文學會、第九八巻、二〇〇〇年、四六〜五二頁。

(25) 歌は四番まであるが、二番以降は省略した。高津春久『ミンネザング』郁文堂、一九七八年、一八五頁。

(26) この場面はフィクションであって、実際はトラップ一家は訪問者ヴィザにより米国で演奏活動を行い、いったんスカンジナヴィアへ転出したあと、米国へ戻って市民権を獲得した。なお言えば潜水艦長トラップ男爵は一九〇〇年の義和団の乱を鎮圧する際にオーストリア海軍の一員として参加している。

(27) 西村京太郎『十五歳の戦争　陸軍幼年学校「最後の生徒」』集英社新書、二〇一七年、六八頁。

(28) マイヤー＝フェルスターの戯曲『アルト・ハイデルベルク』の翻案。一九一二年に有楽座で文芸協会が日本初演。一九三一年一〇月に宝塚少女歌劇団が『ユングハイデルベルヒ』として上演。以後梓みちよ、天地真理、大竹しのぶ等をヒロインとする当たり狂言となった。主題歌「リンデンバウム」は岩谷時子作詞、山本直純作曲。

(29) Osborne, Charles: Schubert and his Vienna. George Weidenfeld & Nicolson Ltd. 1985. 邦訳『シューベルトとウィーン』岡美知子訳、音楽之友社、一九九八年第二刷、二七二頁。(以下「オズボーン」)「僕たちはこのリート集の持っている陰鬱な気分に、言葉もなかった。ややあってショーバーが口を開き、《僕が気に入ったのは〈菩提樹〉だけだ》と言うと(…)」。

(30) オズボーン:邦訳二六〇頁。

(31) ボストリッジ、イアン『シューベルトの「冬の旅」』岡本時子、岡本順治訳、アルテスパブリッシング、二〇一七年、二〇一頁。

(32) 岡本時子「連作歌曲集《冬の旅》から読むシューベルトとミュラーの生きた時代—時代を越えた政治的メッセージ」(流通経済大学社会学部論叢)第二八巻第一号、二〇一七年、八八頁。

(33) 「カルボナリは一八二〇年ナポリ革命を成功させ、革命政権を樹立、両シチリア王国にも憲法制定を認めさせるなどそれなりの成果を収めたが、三一年にはオーストリア軍の介入で制圧される。」岡本:八八頁

(34) ナポレオン側:フランス帝国、ワルシャワ公国、ナポリ王国、ライン同盟、計十九万五千。プロイセン側:プロイセン王国、オーストリア帝国、ロシア帝国、スウェーデン、計三十六万五千。ライン同盟のザクセンの寝返りにより形勢が逆転したと伝えられる。

(35) フランス軍七万二千。対する英蘭軍六万八千、さらにプロイセン軍五万。

(36) Deutscher Bund. 旧神聖ローマ帝国を構成していた三五の領邦と四つの自由都市との連合体。

(37) 一八一三年二月にプロイセン軍に入隊し、その後ロシア軍援護部隊に配属された。(渡辺:五三頁)同年五月にエルベ川退却、バウツェンで二日間にわたり両軍に計二万人の戦死者がでた苛烈な戦闘を生き延びる。八月末にクルムでデッサウ騎兵隊を含むフランス軍と戦い、それがミュラーが前線にいた最後の記録となる。(渡辺:五五頁〜)

(38) 岡市純平「《自由の賛歌》:ヴィルヘルム・ミュラーの『ギリシア人の歌』について」。(関西学院大学文学部、人文論究)六五巻三号、二〇一五年、九七〜一一七頁。

（39） 神聖同盟（一八一五年九月、ロシア皇帝、オーストリア皇帝、プロイセン王により結成された）は、ギリシア独立運動に加担しないという方針を出した。しかしロシアはフランス、イギリスとともにギリシアを支持した。（渡辺：一九〇頁）

（40） Borries, Erika von: Wilhelm Müller. Der Dichter der Winterreise. Eine Biographie. München: C. H. Beck, 2007. 岡市：一一五頁

（41） W・ミュラーの最初の詩集『同盟の花』の新聞広告に関して、検閲官が「自由 Freiheit という言葉が多すぎる」というので、「そもそも王ご自身が自由のために戦えと呼びかけられたのではなかったか？」と聞くと、検閲官は「左様、いいえ、当時は！」と答えたという。一八一六年のフケー宛の手紙。岡市：一一六頁。

（42） シューベルトの友人バウエルンフェルトは一八二六年夏、シューベルトのために台本『グライヒェン伯爵』を書いた。「要するにキリスト教徒対トルコ人という図式だ」。シューベルトは作曲のためのスケッチを始めたが、それ以上進行はしなかった。オズボーン：二四九頁。

（43） 対照的なのが、一八三〇年一一月のワルシャワ蜂起だった。ロシアの圧政に対して士官学校生を皮切りに学生らワルシャワ市民が蜂起したが、わずかにフランスから義勇軍、武器などが支援される程度で、ヨーロッパ規模の支援はなかった。ロシア、プロイセン、オーストリアというまさに神聖同盟がポーランドを支配していた。当時ショパンはウィーンに滞在していたけれども、冷遇され、前回のウィーン滞在とは反対に脚光を浴びることは稀だった。Von Polen kann man nichts holen（ポーランドから得るものはなし）と街で囁かれた。のちにパリで名声を確立すると、ニコライ一世から宮廷の主席ピアニストとして招聘したい旨打診があった。ショパンは「わたしの心は一一月蜂起の同胞と共にあります。お受けすることはできません」と応じた。Smolenska-Zielinska, Barbara: Fryderyk Chopin I Jego Muzyka. Warszawa 1995. 関口時正・訳『決定版　ショパンの生涯』音楽之友社、二〇〇一年、一六四頁。

（44） 一八二二年一〇月に『新ギリシア人の歌』を、さらに翌一八二三年二月に『新ギリシア人の歌　第二巻』をブロックハウスから出版した。一八二三年七月には『新ギリシア人の歌　第三巻』をブロックハウスに送ったが内容が辛辣なため発禁となった。弔歌「バイロン」、自費出版の『ミソロンギ』などもある。彼は四〇〇ターラーをベルリンのギリシ

ア支援団体に寄付した。岡市：一〇〇頁～。

(45)「冬の旅」は一八二一年に執筆開始、最初の一二篇は二二年一月にブロックハウスに送付、『ウラーニア一八二三』に掲載（刊行は一八二二年）。一八二三年三月、「冬の旅」各五篇計一〇篇をブレスラウの「ドイツ新聞」。さらに二篇を加えた全二四篇の「冬の旅」が一八二四年八月『旅する角笛吹きによる遺稿詩集第二巻』としてウェーバーに献呈される。渡辺：二八四頁～。ただし、詩人ないし芸術家の創作というものは、周辺状況だけから説明できるものではない。たとえば「冬の旅」の執筆は、アーデルハイト・バセドウと結婚した五箇月後に始まっている。一般的には充実した生活環境にあると推測される時期である。取り組む作品の意匠に集中して、詩人は自在にスタンスや響きを調整する。個々の作品がスペクトルの両極端に位置しても、それらは詩人の内部にある、ないしは詩人が受光して分解・発信したものである。W・ミュラーの創作姿勢については、まだ分らないことが多い。渡辺美奈子氏の博士論文のほぼ半分、とりわけ『ギリシア人の歌』関係が、字数制限などのためカットされて出版されているのが惜しまれる。本稿は、もっか筆者の手元にある資料にもとづいて、ややおおまかに論を進めることにする。

(46) 梅津時比古：『冬の旅　24の象徴の森へ』音楽之友社、一九九七年。岡本：九〇頁。

(47) オーストリアの保守系新聞 Der Österreichische Beobachter（オーストリアの観察者）の編集委員でメッテルニヒの右腕のフリードリヒ・ゲンツが蜂起軍を反徒（Empörer）と呼んだことから、高みへ（empor）で始まる詩句を続けている。岡市：一〇八頁。

(48) それに比して、具体的な戦闘や勝利の描写や賛歌はほとんどない。W・ミュラーが対ナポレオン戦争で酸鼻を極める戦闘を体験し、戦友を失ったためと推測される。

(49) W・ミュラーは一八一五年からルイーゼ（Luise Hensel, 1798-1876）と文学的交際を続け、少なくともW・ミュラーは恋愛感情を抱いていたが、一八一六年にブレンターノが現れるとルイーゼは、この二〇歳年上で二度の結婚を経験していたブレンターノの愛を受け入れ、カトリックに改宗した。ただし二人が結婚することはなかった。W・ミュラーのドイツ語読みは Wehmüller であり、Wehmüller という人物はブレンターノの二つの作品に登場するという。渡辺：二八頁～、一五〇頁。なおW・ミュラーは一八二一年にアーデルハイト・バセドウと結婚し二子を儲けている。渡辺：一八九頁～。

（50）セン（Johann C. Senn, 1795–1857）は神学校の寄宿舎で五年間シューベルトと起居を共にした友人である。自由思想をもつ危険人物として学籍を失うが交流は続いた。一八二〇年三月、家宅捜索を受ける。来合わせたシューベルトを含む四名も拘束されたが、すぐに釈放された。センは一四箇月拘留ののち、追放された。（渡辺：一三七頁）。詩人マイアホーファー（Johann B. Mayrhofer, 1787–1836）はシューベルトの死後三箇月にして、「冬の旅」に「慟哭するほど感動した」と記した。生活のために検閲官となったが、検閲局の窓から身を投じた。（渡辺：二七七頁）。なお Senn はこれまで類書で「ゼン」と表記されてきたが、チューリヒ市文書館のニコラ・ベーレンス博士の教示により、「セン」と表記する。（Dr. Nicola Behrens, Wissenschaftlicher Mitarbeiter Stv. Bereichsleiter Archivierung und Recherche. Stadt Zürich, Stadtarchiv の二〇一九年一二月二八日付の筆者あてメールによる。）

（51）ウィーンのシューベルト協会は以下のように回答している。「シューベルトが一八一八年にゼーリッツで罹患したという蓋然性はきわめて高い。彼が一八二二年から二三年にかけて梅毒性潰瘍の治療のためウィーンのアルゲマイネ病院に入院したことが分っている。そのため毛髪を失い、鬘をかぶるようになった。死因はチフス（神経熱とも表示される）であって、シューベルトの衰弱した身体が抵抗できなかったためである。その死により第三段階つまり精神錯乱におちいることを免れた。（エーリヒ・ベネディクト博士の発言による）」

Die Infektion Schuberts 1818 in Zseliz ist sehr wahrscheinlich. / Ende 1822 Anfang 1823 ist ein Aufenthalt zur Behandlung syphilitischer Geschwüre im Allgemeinen Krankenhaus in Wien bekannt, worauf er dann die Haare verlor und eine Perücke trug. / Als Todesursache gilt Typhus (wurde auch Nervenfieber genannt), dem Schuberts geschwächter Körper nichts entgegen zu setzen hatte, dadurch blieb ihm aber das 3. Stadium - geistige Umnachtung – erspart. / (Aussage von Dr. Erich Benedikt, Historiker der Schubert-Gesellschaft Wien-Lichtental) Dietlind Pichler im Auftrag von Herrn Prof. Lessky. 二〇一九年九月一八日の筆者あてメールより。

（52）エーアリヒ、秦佐八郎等が開発したサルバルサンが発売されるのは、約百年後の一九一〇年だった。なお梅毒の水銀療法についてはC・コリーノ『ムージル 伝記1』法政大学出版局、二〇〇九年、一八六頁以下に詳しい叙述がある。

(53) 喜多尾道冬『シューベルト』朝日新聞社、一九九七年、二一九頁〜。
(54) ただし喜多尾氏は「彼はスチームを使って毒素を抜く療法を受けた」と記している。喜多尾道冬「友情のユートピア」(『ハプスブルク帝国のビーダーマイアー』中央大学出版部)二〇〇三年、二三五頁。なおいえばこれは水銀の燻蒸であった可能性もある。
(55) 当時は淋病と梅毒の違いも明らかになっていなかった。
(56) ただしその頃はシューベルトのかかりつけ医のリンナが病気だったため、リンナの友人であるフェリングが(専門にかかわりなく)代理で来た可能性もある。(オズボーン:三〇〇頁)。
(57) ブレンターノは、ゲーテ、ウェーバー、メンデルスゾーン(祖父、父)、フーケ、ティーク、ハウフ等々の知遇を得ている。妻アーデルハイト・バセドウは、ゲーテがライン地方を旅した際にラファーターと共に同行したバセドウの孫娘である。
(58) ハイネは一八二六年にW・ミュラーに直接送った手紙でW・ミュラーの詩才を称えている。ただしこれはW・ミュラーの死の前年だった。岡市:九七頁。
(59) プロイセンの義勇兵として、W・ミュラーは、ライン同盟から徴兵されフランス軍の兵士となったデッサウの同郷人と刃を交えた。
(60) ちなみに訳詞者の近藤朔風は一九一五年に三四歳で没している。「Lindenbaum」の作詞、作曲、翻訳の三名が、死に掠われるように早世している。
(61) この資料の入手にあたっては、中央大学図書館レファレンスの西満美氏の協力を仰いだ。
(62) 現代オランダ語およびドイツ語訳については、チェコ共和国ブルノのマサリク大学教養学部ドイツ、スカンジナビア、ネーデルランド科の助教授である、マレチェク氏(PhDr. Zdeněk Mareček)の教授による。

ヴィルヘルム・ゲナツィーノにおける〈浮浪者〉のモティーフについて
――『フランクフルト詩学講義』と『そんな日の雨傘に』を手がかりに

岩本　剛

一　遊歩者から浮浪者へ

二〇〇四年、現代ドイツで最も権威ある文学賞とされるゲオルク・ビューヒナー賞を受賞したヴィルヘルム・ゲナツィーノは、翌二〇〇五／二〇〇六年の冬学期、フランクフルト大学で計五回にわたる講義をおこなった。その講義録は、『死せる片隅を蘇生する――フランクフルト詩学講義』（二〇〇六年〔以下、『フランクフルト詩学講義』〕と略記する）[1]にまとめられている。自作への註解を織り交ぜながら、自身の創作上の主要モティーフを開陳した講義は、モダニズム文学全般に対する造詣と批評に裏打ちされた作家ゲナツィーノの文学観を知る上でたいへん興味深いものである。なかでもとりわけ、「遊歩者から浮浪者へ」と題された第五回目の最終講義は、モダニズム以降の都市文学の趨勢、そして現代における都市文学の境位について考える上で重要な示唆を与えてくれる。

近代的な都市生活の諸相を精緻に観察しながら、都市に特有の知覚を発見／蒐集し、また、都市の経験可能性を探索／開拓しようとしたモダニズム期の都市文学にあって、最も重要な説話論的機能を担ったのが「遊歩者（Flaneur）」という人物類型である。有閑階級に属する金利生活者の余暇を利用し、ダンディ然とした優雅な物腰で、どこへ行くともなく悠然と街をぶらつき歩く遊歩者は、市街の路地の隅々にまで精通し、街路にいながらあたかも我が家にいるかのごとくゆったりとくつろぐ術を心得ている。「近代的な大都市文学におけるパースペクティヴ」を規定していたのはひとえに、都市に向けられた遊歩者のまなざしであったといってもあながち過言ではないだろう。(2) ところで、遊歩者はいまもなお、都市文学における説話論的機能の中心的位置を占めているだろうか。ゲナツィーノの答えは否である。ベンヤミンの考察を援用しながら、作家は、遊歩者の「あまり見栄えのしない後継者」（F：107）としての「浮浪者（Streuner）」について次のように語っている、

切り刻まれた都市のなかで、遊歩者という人物像は退き、それはより現代的な浮浪者という人物類型に取って代わられた。浮浪者は、居心地の悪さからさえもなお刺激を得たいと望み、しかもしばしばそれに成功する。［遊歩者の］かつての落ち着き払った挙動のあとで［群衆の人の］ものに憑かれたような挙動が出来する、というベンヤミンの評言は、［群衆の人が］せわしなく徘徊するさま――それは、内的かつ外的な諸々の分裂の神経症的な深刻化によって駆り立てられたものであり、およそその本質を見抜くことはほとんど不可能である――に由来する。浮浪者は、自分のことを追放された人間であると感じているが、とはいえ、自分のための別の場所はもはや存在しないということを知っている。浮浪者のアイデンティティは、大都市《メトロポール》の形姿そのものとまったく同様に毀損された状態にある。（F：103）

ここでゲナツィーノが念頭に置いているのは、ベンヤミンのエッセイ「ボードレールにおけるいくつかのモティーフについて」のなかの一節である、

群衆の人は遊歩者ではない。群衆の人においては、落ち着き払った挙動《ハビトゥス》のかわりに、ものに憑かれたような挙動が特徴となっている。したがって群衆の人から知られるのはむしろ、遊歩者が自分の馴れ親しんできた環境を奪われるとどうなってしまうかということである。(3)

ベンヤミンにおいて〈群衆の人〉へと変貌した遊歩者は、ゲナツィーノにおいて浮浪者へと変貌を遂げる。はたして、遊歩者・〈群衆の人〉・浮浪者のあいだにはいかなる連続性／不連続性が存在するのだろうか。遊歩者から〈群衆の人〉への変貌は、いわば過渡的現象であり、〈群衆の人〉は時代を下って、いまやあらたに浮浪者へ変貌したというのだろうか。それとも、遊歩者から浮浪者への変貌には、遊歩者から〈群衆の人〉への変貌とは異なる理路が介在しているのだろうか。

ポーの短篇「群衆の人」を参照しながら、エッセイ「ボードレールにおける第二帝政期のパリ」のベンヤミンは、遊歩者の〈群衆の人〉への変貌について語っている。ナポレオン三世を戴いた第二帝政下、ジョルジュ・オスマンによるパリ改造の結果、パリ市内は近代的に整備され、遊歩者が我が家のごとく「馴れ親しんできた」街路は、その様相を一変させた。遊歩者が「馴れ親しんできた環境」の最たるものであるパサージュもまた、衰退の一途をたどることになった。産業経済の要請に即した都市改造は、遊歩者から遊歩する空間を奪ったのである。パサージュに代わる居場所をデパートに求めた遊歩者はかくして、商品の迷宮をむなしくさまよう〈群衆の人〉へと転落する。

街路は遊歩者にとって室内として現れる。そうした室内の古典的形式がパサージュであり、その堕落形態がデパートである。デパートは遊歩者のための最後の領域である。［……］ポーの物語の見事な点のひとつは、遊歩者の最も初期の叙述

のなかに、遊歩者の終わりの姿を描き入れている点にある。(4)

ベンヤミンは〈群衆の人〉のうちに、パサージュから追放された遊歩者の姿を見た。ここで注目すべきは、ゲナッツィーノにおける浮浪者もまた「追放された人間」(displaced person〔難民〕)とされていることである(「浮浪者は、自分のことを追放された人間であると感じている」)。かつてパサージュを奪われ、そこから追放された遊歩者は、現代の大都市においてふたたび、何を奪われ、何から追放されようとしているのだろうか。浮浪者に科せられた「追放」の意味は、ゲナッツィーノがモダニズム期都市文学と現代都市文学のあいだにみとめるラディカルな断絶のうちにこそ探られなければならない。

二　都市の経験可能性、あるいは二重の追放

モダニズム期都市文学の成立にとって不可欠な存在であった遊歩者だが、その人物像を明確に輪郭づけることは難しい。ベンヤミンの先駆的な遊歩者論を端緒として、文学史/文化史の前景に押し出された遊歩者は、やがて過剰なまでに多くの——しかも、ときとして相矛盾する——属性が付与されるようになり、いまやほとんど神話的形象と化している。実際、ベンヤミンのテクストにおいてもすでに、遊歩者の人物像は曖昧なものにとどまっており、そこに強いて明確な遊歩者像を再構成しようとすれば、おそらくは「文献学的な迷宮」(5)を徒にさまようことになるだろう。ところで、翻って考えてみると、矛盾を孕んだ属性過多の存在であるがゆえに、遊歩者は、モダニズム期都市文学の主人公になりえたともいえる。遊歩者の属性過多は、これまた多分に矛盾を孕んだ近代化の多様性/複層性にこそ対応している。つまり、「遊歩者は、近代化の過程にともなうさまざまな特徴の

中心に立っており、遊歩者のなかにはそうした諸特徴が書きこまれている」[6]のであり、まさにそのような人物類型として遊歩者は、近代の経験の特権的な享受者の地位に据えられることになったのである。

近代化の縮図たる大都市は、遊歩者にとってこの上なく豊穣な経験空間として立ち現れる。遊歩者における都市の経験を特徴づけるのは、瞬間における美的《エステーティシュ》な経験、すなわちエピファニー的経験である。ゲナツィーノは、ボードレールの——より正確には、ボードレールの詩行のうちにベンヤミンが析出した——ショック体験、プルーストの「無意志的記憶（mémoire involontaire）」、ジョイスのエピファニー、ヴァージニア・ウルフの「存在の瞬間（Moments of Being）」を列挙しながら、モダニズム文学における瞬間の美学の系譜について論じている。エピファニー的経験は、他の誰のものでもない「個人的な瞬間」（F: 89）の経験であり、啓示のごとく訪れた「ほとんど形而上的な自己高揚感」（F: 93）は、経験の主体を震撼させずにはおかない。それはまた、「個人的な瞬間」として、経験の主体に比類なき「肯定的な存在感覚」（F: 100）をもたらす。とはいえ、かくも圧倒的なエピファニー的経験も畢竟、当時の「都市生活と平和な仕方で共存」し、いまだ「秩序づけられたかたちで受容可能な都市生活」に即して記述しうる程度の経験でしかなかった（F: 95）——そう述べるゲナツィーノが批判的検討の対象とするのは、モダニズム文学における〈経験空間としての都市〉という表象である。現代都市文学の書き手のまなざしに映る都市は、もはやかつての豊穣な経験空間ではない。

> 今日、近代的な市街は、粉々に切り刻まれたまま——またその観察者をも同じく粉々に切り刻みながら——異常増殖してゆく腫瘍であり、物事を秩序づけようとする人間的経験をもってしては、もはやほとんど処理しえないものとなっている。（F: 102 f.）

浮浪者という現代の遊歩者は何を奪われ、何から追放されようとしているのか、その答えがいまや明らかになる。それはすなわち、都市の経験可能性そのものである。

現代の大都市は、「継続的な経済的凌辱」（F：106）を被った結果、もっぱら商業用のインフラストラクチャー、あるいはマーケティングのための「書割」（F：105）と化した。その「反個体化の作用」（F：96）は、都市のアイデンティティを解体するばかりでなく、都市の内部空間にある人と物の一切を、アイデンティティを具えた個的存在から、その時々の経済状況に応じて最適化された経済的機能へと還元してしまう。かの〈群衆の人〉は、いまではすこぶる散文的に〈消費者〉と呼ばれ、街路は、消費者と商品を効率的に繋ぐ導線としてのみ存在価値をみとめられるにすぎない。

商品の厚かましさが遊歩者を浮浪者にする。それは、浮浪者の徘徊が逃走の性格を帯びる理由である。（F：107）

現代の大都市は、徹底的に人為的で、虚構の産物とも見える、だがそれにもかかわらず、やはり事実であるには違いない、ひとつの大掛かりな「フェイク」（F：105）[7]である。「書割」めいた都市空間に、浮浪者のための「親密な場所」（F：106）――かつての遊歩者にとってのパサージュに相当するような――は存在しえない。浮浪者はしかし、かくのごとき様相を呈することになった大都市のほかに、「自分のための別の場所はもはや存在しないということを知っている」。浮浪者は、大都市という「フェイク」のなかで、同じく「フェイク」の生活感情を無理にも捏造しながら生き存えるほかない。だとすればしかし、浮浪者における「逃走」とは、いったいどのような意味で理解すればよいのだろうか。「自分のための別の場所はもはやない」浮浪者がいまさらどこから／どこへ「逃走」しうるというのか。この問題については、ここではひとまず保留し、後段であらためて考えることにしよう。

都市に特有な経験を特権的に享受していた遊歩者が都市の経験可能性そのものから追放されるとき、遊歩者は浮浪者へと変貌する。ほかならぬ浮浪者を主人公とする現代都市文学にあっては、どれほど詳細な叙述もついに一個の明確な都市像に結ばれることはない。まさにこのような意味で、浮浪者という人物類型は、モダニズム期都市文学と現代都市文学とを分け隔てる分水嶺に立っている。ところで、都市の経験可能性の喪失は、経験の主体の喪失と表裏一体である。

［モダニズム期文学における］経験空間としての都市に対する過剰評価についての認識とともに、今日の人間が都市のなかで甘受しなくてはならない、自我の脱人格化（Depersonalisierung〔離人症〕）との批判的な対決も開始される。（F：95）

都市の経験可能性そのものを奪われた浮浪者のもとに残されるのは、「大都市の形姿そのものとまったく同様に毀損された」、確固たるアイデンティティを欠いて分裂を繰り返す不安定な自我である。ゲナツィーノによれば、ヴァージニア・ウルフにおけるエピファニー的経験（「存在の瞬間」）のうちにすでに、深刻な「主体の分裂」（F：97）と「自我の耐え難いまでの動揺」（F：101）の徴候が見紛いようもなく刻印されているという。浮浪者には二重の「追放」が科せられている。すなわち、都市の経験可能性そのものから追放され、またそれと同時に、経験の主体としての主権的な自我から追放された者として、浮浪者は「追放された人間」と呼ばれるのである。

三　浮浪者のいる風景

ゲナツィーノの出世作となった小説『そんな日の雨傘に』（二〇〇一年）[8]は、浮浪者という人物類型のまたとないサンプルを提供してくれる。小説の主人公である、定職をもたない四六歳独身の男は、ゲナツィーノにおける浮浪者の典型といえる。物語――しかと明示されてはいないが、その舞台はおそらく国際金融都市フランクフルト――は、この男のまったくもってとりとめのないモノローグによって進行する。なお、小説全編をとおして、男の名は明かされない。

長らく同棲し、実質的には男の経済的扶養者であった恋人リーザに去られ、男の経済状況は、目下すこぶる逼迫している。できるかぎり食費も節約し、「ジャケット一着、スーツ一着、ズボン二本、シャツ四枚、靴二足」（R: 41）のほかには何もない、いたって簡素な暮らしぶりとはいえ、この生活がいつまで維持しうるものか、はなはだおぼつかない。定職をもたない男の唯一の収入源は、高級靴のモニタリングのアルバイト――試作品の靴を試し履きし、その履き心地等の所見をレポートにまとめ報告する――なのだが、突如、レポート一件あたりの賃金が四分の一に切り下げられてしまう。それに加えて、折に触れて情事を重ねてきたマーゴットが、あろうことか男とは旧知の間柄のヒンメルスバッハ（ただし、最近はなかば絶縁状態にある）とも親密な関係にあるらしいことが判明する。不運と災難にだけは不思議と事欠かない「人生の面妖さ」（R: 9）の感覚を日々更新しながら、男は、この「人生の面妖さ」をぴたりと言い表す言葉を探すことを当面の生活目標としている。

教養によるなら、私は偉い人であってもおかしくなく、職業によるなら、そうではない。本当に偉いのは、個人の知識と人生での地位との両方を融けあわせることができる人だけだ。私のごとき、学しかないアウトサイダーは、つまるところ現代の乞食であって、どこぞの隅にいろとすら誰にもいってもらえない。（R：76〔傍点箇所は原文ではイタリック〕）

男の憂鬱《メランコリー》の根源にあるのは、浮浪者の「運命」とされる「存在許可のない人生」（R：46）という固定観念である（ちなみに、この「存在許可」は、自分で自分に与えるものであるらしい）。リーザのいない部屋はいたたまれず、「歩いていると昔のことを思い出さずに済むことが多い」（R：18）という理由から（とはいえ、男は実際には、歩きながらしばしば思い出に耽っているのだが）、それに加えてまた、「自分の人生を疑うこと」（R：78）を抑えてくれる程よい疲労を求め、男は日々、どこに行くともなく街をぶらつき回っている。そうして男は、「私ひとりだけが歩くことを許される、私だけのための落ち葉の海」（R：55）が欲しいと願う──。

匿名の浮浪者は、さながらかつての遊歩者のカリカチュアである。商業施設が立ち並ぶ繁華街に浮浪者の居場所はない。浮浪者が出没するのは、「まさに私と同じように、奈落の淵で日毎よろめいているような街区」（R：50）であり、ホームレスがたむろする地下道であり、商業開発と環境整備から取り残され荒れ果てた河岸である。「いまだ存在許可を与えたことのない人生を生きなければならない」男は、「逃走のために、やたらと外を歩き回っていて、だから靴には大いに重きを置いている」（R：82）というのだが、男がときたま披露する靴についての蘊蓄は、往年のダンディを想起させなくもない。仲睦まじく連れ立って歩くヒンメルスバッハとマーゴットのあとを男がこっそり追跡するのは、あるいはアマチュア探偵としての遊歩者のパロディだろうか。(9)「文士は遊歩者として市場へ赴く。本人は市場を見物するつもりでいるのだが、実はもう買い手を見つけるためなのである」(10)とベンヤミンは書いていたが、それに対してモニタリングレポート作成者は、浮浪者として蚤の市に赴く。減額された賃金の補填として現物支給された試作品の高級靴を売り、当座の生活費を稼ぐためである。「遊歩者のための最後の領域」とされていたデパートには、ときとして浮浪者の姿も見ることができる。靴下を一足買おうと立ち寄ったデパートで、男は、これといった理由もなく剃刀の替え刃を万引きしかけるのだが、結局は無事に支払いを済ませ、万引きは未遂に終わる。肝心の靴下を買いそびれた男は、無用の出費を少しばかり嘆きながらも、あらたに外出するための口実——買いそびれた靴下を買いに行く——を思いがけず得たことに満足を覚える。「人生の面妖さ」に翻弄され、「存在許可のない人生」の憂鬱に沈潜する男、その姿にはしかし、悲壮感といったようなものは微塵もみとめられない。どうやら浮浪者は、「遊歩者の人好きのする暢気さ《ノンシャランス》(11)」を多分に受け継いでいるようである。抜き差しならぬ経済的苦境は、なるほど男を悩ませてはいる、

> 私とて、そのことを悩ましく思っている。いつもというわけではないにせよ、ともかく頻繁にそう思っている——日に日に稀にではあるけれども。だいたいにおいて私には、そういうややこしい問題を直視する気力がもはやない。つまり、何がどう絡みあって何年がかりでこうなったのか、自分でももうわからず、よってその結果——それが現在の私自身なのだが——もしかと認識できずにいる。いまこの瞬間、脳裏に浮かんでいるのは、カーディーラーのショールームをうろうろ走り回っていたあの子のこと。自分の問題と対峙するとなると決まって気後れするというのは、いかにも私らしい。
> (R: 35 f.)

こうした暢気さには、リーザが同情から、あるいは手切れ金として残していってくれた銀行預金の存在が関与しているのかもしれない。ある種の羞恥心から男がいまだ手をつけられずにいるその預金は、切り詰めればどうにか二年程は食いつなげるだけの額になる。とはいえ、日ごと街をぶらつき回る自由を男に許すのは、金利生活者の「余暇（Muße）」ではおよそなく、あくまでも定職をもたない人間の「無為（Müßiggang）」である。

さて、男の「存在許可のない人生」の原因は、つまるところ、男が定職をもたないという一事に帰着するように見える。現代人の大部分にとって、個人のアイデンティティは、もっぱら定職をもつことによって担保される。現代社会における定職の有無は、いうなれば「実存的な事柄」[12]なのであり、ゆえに「仕事をもたない人間は、経済の循環からばかりでなく、社会的ネットワークからも脱落し、それどころか、人生を意味づける——ひょっとすると神の死のあとに残った唯一の——基本概念《カテゴリー》までも失うことになる」[13]。それにしても、人並み以上の学歴を有し、周囲の人間からもひとかどのインテリと目されているらしい男は、いったいなぜ定職に就こうとしないのか。

> 幸い両親はとうに他界した。彼らなら、至極あっさり私を「仕事嫌い」と呼ぶだろう。父は、十六の歳から死ぬまで働き続けたことを殊のほか誇りとしていた。それもそのはずだ。父は、働いているあいだ、そして働くことによって、自分の抱える葛藤を忘れられる人だったのだから。私はといえば、まさにその逆である。私の心の葛藤は、働いているあいだに、もしくは働くことによってはじめて生じる。ゆえにやむなく働くのを避けているのだ。（R: 41）

そう語る男に、労働を唯一のモラルとする現代社会にあえてひとり反抗を企てようなどという大それた意志などさらさらない。「抗わないといけないというとき、私はいつも憂鬱になった」（R: 46）。それにもかかわらず、現代社会において浮浪者の「無為」は、たんに「何もしない（Nichtstun）」という平凡な怠惰とはもはやみなされず、あえて「何かをしない（Nichttun）」という明確な拒絶の身振りとして厳しく断罪されることになる。「近代的な無為は、労働に対する向こう見ずな拒絶として評定されざるをえないだろう。近代人は、内的かつ外的な制裁を恐れることなく、労働を拒絶することはできない。［……］近代において労働を拒絶することは、自分の存在を拒絶することに等しい」[14]。

浮浪者の徘徊は「逃走の性格を帯びる」といわれていたが、浮浪者はほかでもない、たかだか労働倫理に即して「存在許可」の可否が決定されるような人生、そして、労働力と等置された個人における、定職と等置されたアイデンティティからこそ「逃走」しているのではないだろうか。なるほど、「無為」の自由は、往々にして「憂鬱な反省という高い代償を払わされ、憂鬱な反省のなかで滅びる」[15]。ところが、いたって暢気な、しかし存外したたかなゲナツィーノの浮浪者は、ほとんどつねに「憂鬱な反省」に囚われながら、その「居心地の悪さからさえもなお刺激を得たいと望み、しかもしばしばそれに成功する」のである。

四　譫妄の劇場

ヴァージニア・ウルフの作品に叙述されたエピファニーを例にとり、ゲナツィーノがそこに近代的自我の深刻な動揺と分裂を指摘していることは先に見た。プルーストやジョイスにおいて、経験主体はなお「主権的」(F: 100) な自我を保持しているのに対して、ウルフにおいては、経験主体の自我はもはや主権性を喪失しており、「自己の内部空間の暗い片隅に引きこもって、小声の告白をおこなう」(F: 101) とゲナツィーノはいう。ウルフの作品を分裂の危機に瀕した「自我の内なるテクスト」(F: 94) として愛読するゲナツィーノは、その自我の分裂のありようのうちに「自分自身を一個の全体として、分裂せざるものとして体験する」(F: 101) ことへの切実な願望をみとめる。この願望はしかし、純粋に自発的なものというわけではおそらくない。

自由は、外部からのみならず、それ自身の内部においても、社会によって現実的に限局されている。自由が行使されるや

> 否や、その自由は非自由を拡大する。より良きものの太守は、より悪しきものの共犯者でもある。人びとが、自我の強さを理由に、早々と、自分は社会から自由であると感じる場合にあってさえ、そのとき同時に彼らは社会のエージェントである。自我原理は、社会によって人びとのうちに植えつけられたものであり、社会は、この自我原理を抑制しつつ、それに報酬を与える。[16]

右に引いたアドルノ『否定弁証法』の一節に拠りながら、ゲナツィーノは、「同一性の強迫（Identitätszwang）」（F: 97）について語っている。確固たるアイデンティティを希求する自我の願望は、いうなれば社会が「同一性の強迫」を介して自我に抱かせる願望である。この願望は、「社会のエージェント」たるにふさわしい自我のアイデンティティ――さしずめ、望ましい人材／労働者／消費者としての――が形成されるかぎりでのみ成就を許される。それにしても、もっぱら社会の要請に合わせて形成されることで社会的にはじめて是認される自我のアイデンティティとは、それ自体ある種の狂気の産物といえるかもしれない。「狂気とは、過剰な正常さが徒党を組んだものである」[17]。「隠潜日記」と題されたアフォリスム群のひとつにそう書きつけたこともあるゲナツィーノは、ほかでもないこの「同一性の強迫」のうちに、近代的自我の分裂を昂進させる真の原因をみとめるのであり、かの浮浪者にまさに「同一性の強迫」からの逃走の可能性を託しているに違いない。

小説『そんな日の雨傘に』の読みどころは、何を措いてもまず、憂鬱に浸された男のまるでとりとめのない、なかば「譫言（Delirium〔譫妄、精神錯乱〕）」[18]のようなモノローグである。男のモノローグを特徴づける、他愛のない言い換えと言い直し、度重なる前言撤回と言行不一致、因果関係の転倒、外的対象の知覚と内的意識の知覚とのあいだの交換と混同、アナーキーな観念連合は、男における自我の分裂を如実に物語るものである。男の自我は、知覚の奔逸に絶えず悩まされている。ある知覚に触発された思考の流れは、ひとまず一定の帰結に到達しようかという矢先、また別の新たな知覚に妨げられ、するとはや思考はあらぬ方向へと逸脱してしまう。さまざまな知覚に絶えず不意打ちされ、そうした知覚の「かくも凄まじき衝突の舞台」（R: 66）と化した男の自我のありようは、人格の同一性を否定し、自我を「想像を絶する速度で互いに継起し、絶え間のない変化と運動のただなかにある、互いに異なる諸々の知覚の束ないし集積」[19]にすぎないと論じたことでつとに知られる、懐疑主義的経験論の極北ヒュームの言葉を想起させる、

> 精神とは一種の劇場であり、さまざまな知覚が次々とそのなかに現れる。さまざまな知覚は、通り過ぎ、引き返し、滑り去り、そして無限に多様な姿勢と状況のなかで混じり合う。無限に多様な姿勢と布置位置関係で互いに交わるのである。[20]

知覚の奔逸に悩まされ、ときとして「発狂の不安」（R: 59）に怯えもする男の自我は、さながら譫妄の劇場である。この自我＝劇場のなかで日ごと上演される譫妄＝劇、それこそはしかし、浮浪者のためのエピファニーにほかならない。

かつてのエピファニーが「詩的な効果、日常のなかに出来するショックをともなう啓示、神的なインスピレーションの瞬間」（F: 92）であったとすれば、浮浪者のエピファニーは、自作自演の譫妄、「演じられた狂気」（R: 95）、いわば「フェイク」のエピファニーといえるだろう。「私たち現代人は、事物を私たちが生みだした意味――それは、事物の協働なしに生みだされるのだが――と一緒に見つめる。何しろ私たちは、意味への衝動なしに見ることはできないのだから」（F: 93〔傍点箇所は原文ではイタリック〕）。男もまた「意味への衝動」に駆られ、「意味づけて見ることの犠牲」（R: 164）となった現代版エピファニカーのひとりにほかならない。[21]男の「変容させる眼」（Ebd.）は、見る対象を恣意的な意味で囲繞し、それをいたずらに謎めいたアレゴリーに変えてし

まう。かくして、憂鬱に培われた浮浪者のエピファニーは、意味の迷宮をさまようアレゴリカーの沈思のなかから、終わりのない譫言めいたモノローグを紡ぎだす。

男の憂鬱は、男が幼少の頃から抱きつづけている、ある感情に淵源している。すなわち、自分は世界と自分自身の人生について「ほんの生半可にしか勝手がわかっておらず、ゆえにうっかり誤ってこの世に生きている、という根本感情」（R: 142）である。「何であれ、ほとんどすべてのことについて、自分はその序の口の部分しか理解していない」（R: 57）と感じる男のまなざしに、世界は「すぐ近くにありながら、それでも手は届かない」（R: 26）ものとして映っている。つばにベールの付いた帽子を被った母、そのベール越しに母にキスしようとした少年時代の男の唇が、ベールの網目をこするばかりで、ついに母の唇に触れることが叶わなかったように。「存在許可のない人生」の「面妖さ」に憂鬱を募らせる男はただ、譫妄の劇場に現れては消える世界のさまざまな様相を矯めつ眇めつ眺めるばかりだ。譫妄の劇場（男はそこに役者・演出家・観客として立ち会っている）はしかし、社会とその「同一性の強迫」から男を遠ざけ、守ってくれるアジールでもある。

自作自演の譫妄的エピファニーは、なるほど「発狂への不安」をともなっている。とはいえ、「私はとんちんかんな人、なかば気の狂った人、頭のいかれた人のそばにいるのが好きなのだ」（R: 63）と語る男にとって、「発狂への不安」はむしろ発狂への誘惑であるかもしれない。「演じられた狂気」と演じられた正気のあいだで右往左往する不安定な自我、浮浪者の徘徊のありようにも似た、その「どこにも行き着くことのない揺れ動き」（R: 134）は、確固たるアイデンティティを具えた主権的自我の姿からは程遠い。ところで、主権的自我から追放された浮浪者は、むしろこの追放を逆手にとって、主権的自我からの逃走を画策しているように見える。「私という人間は、人生のいついかなる状況においても、何かを隠していられるときだけ安心できるのだ」（R: 122）――そう語る男の自己韜晦を多分に含んだモノローグは、社会的な「同一性の強迫」の裏をかき、それを擦り抜けるための狡知である。

五　隠潜の技法——追放から逃走へ

隠れて、生きよ。(22)

小説の終わり近く、男は、幼なじみの友人で、つい先だって事の成り行きから男女の関係をもったズザンネを誘って、マルクト広場の野外フェスティバルに出かける。柄にもない今回の行動には、それなりの理由がある。かつてドイツ共産党地域委員会のリーダーであり、現在は大衆向け地方紙の編集局員に収まっている旧知のメッサーシュミットから、これまた事の成り行きで記事の執筆を依頼されたのである（ちなみに男は学生時代、同紙で記事を書いていた）。一旦は依頼を引き受けたものの、本当に記事を書くかどうか決めかねている男は、さしあたり取材のつもりで、ズザンネとともにフェスティバルを見物する。群衆との久方ぶりの接触——これもまた遊歩者のパロディといえるだろう——は、当然のごとく男を憂鬱な沈思へと誘う。男のまなざしに映る人びとは、「誰もかれもが世界への帰属感をでっちあげることに汲々としている」（R：170）。もっとも、そうした人びとを刺激的体験に飢えた「体験プロレタリアート」（R：148）と侮蔑し、「大衆の悲惨」（R：71）をこれ見よがしに嘆いてみせるのは、男の能くするところではない。フェスティバル主催者のやたらと威勢のよいアナウンスをおぼろげに聞きながら、ぼんやりと取材のメモをとる男は、「厭わしい仕事に、あるいは厭わしさに係る仕事に、あるいは現実の厭わしさに巻きこまれている」（R：171）自分自身にこそ憂鬱を感じている。そんな折、不意に男は、広場に隣接する簡素な賃貸アパートの四階のベランダに、十二歳ぐらいの少年の姿を見つける。少年はどうやらベランダに隠れ処をつくっているらしい。

小説全編をとおして、男はしばしば、街中で見かけた子どもたちに深いシンパシーを抱く。周囲の喧騒をよそに、噴水の水盤に浮かべた帆船の航路を一心に見つめる子ども、あるいはまた、親からの叱責もどこ吹く風とばかり、ファストフード店のテーブルの下で仰向けに寝転がって遊ぶ子ども、そして、人知れずベランダの手すりに洋服ブラシをぶら下げ、その揺れ動くさまを飽かず眺める子ども――。子どもたちへのシンパシーは、男にとって自分自身の幼年時代への「形を変えた追憶」（R：36）である。しかし、これを幼年時代へのたんなるノスタルジーとして片づけるわけにはいかない。浮浪者は、子どもたちと空想上の連帯を結ぶ。子どもたちの一心不乱な無償の遊び――あるいは「没我的な無為」[23]――から、「逃れられない出来事のただなかにいながら逃れること」（R：172）を学ぶためにである。

ベランダの少年に戻ろう。毛布、ひも、布、枕、洗濯ばさみを総動員した少年は、ベランダの手すりの鉄柵と物干し用のフックを骨格にして、それらの資材を巧みに継ぎ合わせながら、やがてひとりだけの隠れ処をつくり終える。両親は留守らしい。おそらくはフェスティバルの群衆のなかにいるのだろう。無事ひと仕事を終えた少年は、ベランダから部屋に入り、食料とミネラルウォーターを持参して、ふたたび隠れ処に潜りこむ。そして少年は、毛布の隙間をわずかに開け、フェスティバルの群衆をひとしきり眼下に見わたす。

私は天使のことは皆目わからないし、天使を信じてもいないが、しかしいま、あの子がただ私のためだけに天と地のあいだに浮いていることはありうると思う。労働と時間の混沌から逃れることを、あの子が私に許してくれる。逃れられない出来事のただなかにいながら逃れることを、私に可能にしてくれる。（R：172）

ベランダの隠れ処から広場の光景を眺める少年のまなざしを、「訝しげな、逃げおおせた者のまなざし」[24]（R：173）と形容する男は、譫妄的エピファニーのなかで自身のまなざしと少年のまなざしの同化を夢想する。この「逃げおおせた（gerettet）」という表現には、あるいは密かなアイロニーが含まれているかもしれない。地方紙の編集局員という職業的身分に充足するメッサーシュミットは、実に快活な調子で、自分は「救われた（gerettet）」（R：120）のだと男に語る。「同一性の強迫」に従順と応じ、職業的身分を介して個人の社会的アイデンティティを得たとき、メッサーシュミットは「救われた」のだとすれば、この「救い」の感覚は、いわば社会が「同一性の強迫」に従う者に対して与えた報酬といえよう。かたや男は、少年のまなざしとの同化をとおして、まさにそうした社会的報酬としての「救い」、あるいは、たかだか社会的報酬にすぎないような「救い」からこそ「逃げおおせた」自己をエピファニー的瞬間のうちに体験するのである。

フェスティバルの翌日、男は、新聞社のオフィスに記事の原稿を届けに行く。男が記事を書くかどうか迷っていたのは、おそらくは「降伏への不安」（R：159）からであろう。男にあって「発狂への不安」は、「降伏への不安」でもあったのだが、「降伏」とはすなわち、「同一性の強迫」と個人の社会的アイデンティティへの「降伏」にほかならない。はたして男は、今回の記事執筆を転機として、本格的にジャーナリズムを生業とする人間になろうというのだろうか。ズザンネとの関係の行方と同じく、それはまだわからない。いずれにせよ確かなのは、仮に新聞記者を定職とすることになったとしても、それでもやはり男は、お仕着せの社会的アイデンティティには安住しえず、相変わらず「自分の人生のなかを盲目的にぶらつき歩く者」（R：166）でありつづけるだろうということである。「社会からすでになかば除外された者として、この社会に享楽を見いだす」[25]遊歩者の経済的余裕は、現代の浮浪者にはない。定職がもたらす収入は、浮浪者の逃走のための資金ともなる。ベランダの少年が長期滞在に備えて、食料とミネラルウォーターを隠れ処に持ちこんだように、浮浪者もまた長きにわたる逃走に向けて備えなければなるまい。

譫妄の劇場と化した主権性なき自我のなかへ追放された浮浪者は、この追放を逆手にとり、かの少年の顰に倣って、この拠りどころなき不安定な自我を隠れ処とする。浮浪者の「変容させる眼」は、譫妄的エピファニーによって、自身に科せられた追放を逃走への契機と読み換える。そして、自我という隠れ処から「訝しげで、逃げおおせた者のまなざし」で世界を眺めつつ、社会の「同一性の強迫」から隠微な逃走を企てる。小説全編をとおした浮浪者の匿名性は、個人の社会的アイデンティティ――「同一性の強迫」が個人に強いる社会的な「固有名」――からの浮浪者の逃走とその継続を暗示している。

（1） Genazino, Wilhelm : *Die Belebung der toten Winkel. Frankfurter Poetikvorlesungen.* München : Hanser 2006. 以下、本稿における同書からの引用は、Fの符号と頁数を記して、当該箇所を指示する。

（2） Neumann, Heiko : » Der letzte Strich des Flaneurs «. Schwierige Fußgänger in Wilhelm Genazinos Romanen *Ein Regenschirm für diesen Tag* und *Die Liebesblödigkeit* ; in : *Verstehensanfänge. Das literarische Werk Wilhelm Genazinos.* Hrsg. v. Andrea Bartl u. Friedhelm Marx. Göttingen : Wallstein 2011, S. 149–164, hier : S. 152.

（3） Benjamin, Walter : Über einige Motive bei Baudelaire (1939) ; in : ders. : *Gesammelte Schriften* [Abk. : GS]. 7 Bde. Unter Mitw. v. Theodor W. Adorno u. Gershom Scholem, hrsg. v. Rolf Tiedemann u. Hermann Schweppenhäuser. Ffm. : Suhrkamp 1991, Bd. 1/2, S. 627. 以下、本稿におけるベンヤミンの著作からの引用はすべて同書に拠り、訳出にあたっては、ヴァルター・ベンヤミン『パリ論／ボードレール論集成』浅井健二郎編訳、筑摩書房、二〇一五年を参照・借用した（ただし、訳文・訳語の一部を変更した場合がある）。

（4） Benjamin, Walter : Das Paris des Second Empire bei Baudelaire (1937–1938) ; in : *GS*, Bd. 1/2, S. 511–604, hier : S. 557. 付言しておくと、ポーの短篇「群衆の人」に対するベンヤミンの解釈には意図的な歪曲が含まれている。群衆を

求めて憑かれたように街を徘徊する、素性の知れない奇怪な老人が足を踏み入れるのは、デパートではなく、巨大な「市場（bazaar〔商店街〕）」である。Cf. Poe, Edgar Allan : The Man of the Crowd (1840), *Collected Works of Edgar Allan Poe*. Vol. 2. Edited by Thomas Ollive Mabbott. Cambridge, Mass. ; London : Belknap Press of Harvard Univ. Press 1978, p. 507.

（5） Vgl. Fuest, Leonhard : *Poetik des Nicht(s)tuns. Verweigerungsstrategien in der Literatur seit 1800*. München : Fink 2008, S. 109

（6） Neumann, » Der letzte Strich des Flaneurs «, a. a. O., S. 152.

（7） 「フェイク（fake）」の語源は定かではないが、『フランクフルト詩学講義』のゲナツィーノは、これを factitious（「人為的な」「見せかけの」）、fictitious（「虚構の」「捏造された」）、factual（「事実の」）を語源とする一種の合成語であるとして、それら複数の意味を重層的に内包した術語として用いている（Vgl. F : 105）。

（8） Genazino, Wilhelm : *Ein Regenschirm für diesen Tag* (2001). München : DTV 2003. 以下、本稿における同書からの引用は、R の符号と頁数を記して、当該箇所を指示する。訳出にあたっては、ヴィルヘルム・ゲナツィーノ『そんな日の雨傘に』鈴木仁子訳、白水社、二〇〇五年を参照・借用した（ただし、訳文・訳語の一部を変更した場合がある）。

（9） Vgl. Benjamin, Das Paris des Second Empire bei Baudelaire, a. a. O., S. 543.

（10） Ebd., S. 536.

（11） Ebd., S. 543.

（12） Fuest, *Poetik des Nicht(s)tuns*, a. a. O., S. 20.

（13） Ebd., S. 12.

（14） Ebd., S. 21 f.

（15） Ebd., S. 23.

（16） Adorno, Theodor W. : *Negative Dialektik*. Ffm. : Suhrkamp 1966, S. 290.

（17） Genazino, Wilhelm : Aus dem Tagebuch der Verborgenheit ; in : Text und Kritik 162 (2004), S. 3–10, hier : S. 7.

（18）Vgl. Genazino, Wilhelm: Der Roman als Delirium; in: *Verstehensanfänge*, a. a. O., S. 21–31.

（19）Hume, David: *A Treatise of Human Nature* (1739), edited, with an analytical index, by L. A. Selby-Bigge, 2nd ed. with text rev. and variant readings by P. H. Nidditch. Oxford: Clarendon Press 1978, p. 252.

（20）Ibid., p. 253.

（21）ゲナツィーノは〈見ること〉に殊のほか強いこだわりをもつ作家であり、エッセイ「引き延ばされたまなざし」（Genazino, Wilhelm: Der gedehnte Blick (1999); in: ders.: *Der gedehnte Blick*. München; Wien: Hanser 2004, S. 39–61）は、ゲナツィーノのエピファニー論として重要である。同エッセイの内容の一部は『フランクフルト詩学講義』にも自己引用されている。ゲナツィーノの詩作における〈見ること〉とエピファニーの問題については、稿をあらためて論じることにしたい。

（22）エピクロス『教説と手紙』出隆、岩崎允胤訳、岩波書店、一九五九年、一二五頁。

（23）Vgl. Genazino, Wilhelm: Der Untrost und die Untröstlichkeit der Literatur (2004); in: *Der gedehnte Blick*, a. a. O., S. 196–205, hier: S. 201.

（24）子どもにおける〈見ること〉は、ゲナツィーノのエピファニー論における中心的問題である。とあるインタビューでゲナツィーノは次のように語っている、「テーマは〈見ること〉です。それゆえ、何が起こり、それからまた何が起こるのか、というストーリーはそれほど重要ではありません。重要なのは、ある者がさながら子どものように、つまり子どもが育む〈見る技術〉を頼りに世界をめぐり歩くこと、そして、子どもの〈見る技術〉を頼りに世界への詩句をつくることなのです」（« Ich bringe ja auch das Bild in Schwung ». Ein Gespräch mit dem Schriftsteller Wilhelm Genazino über Photographie; in: Neue Zürcher Zeitung vom 7. 5. 2001）。

（25）Benjamin, Das Paris des Second Empire bei Baudelaire, a. a. O., S. 561.

映画と食べること

伊藤洋司

一　はじめに――起源

一八九五年一二月二八日にパリのグラン・カフェで開催された、リュミエール兄弟による名高い映画の上映会で、すでに食事を撮影した短篇が上映されている。『赤ん坊の食事』（一八九五）だ。この世界最初のホームムービーでは、オーギュスト・リュミエールが自分の赤ん坊に食事を与える様子を、弟のルイ・リュミエールが撮影している。映画は誕生したその瞬間から食べる行為を描いていたのだ。京都の実業家の稲畑勝太郎がリュミエール社の技師のフランソワ・コンスタン・ジレルを伴ってフランスから帰国すると、ジレルもまた、『家族の食事』（一八九七）で稲畑とその娘たちの食事の光景を撮影した。ジレルがフランスに帰国すると、今度はガブリエル・ヴェールが日本にやって来て、リュミエール社のために、『稲刈り』（一八九九）や『田に水を送る水車』（一八九九）を撮った。ヴェールは日本で食事の光景よりも農業の光景に興味を持ったようだ。彼が食事という日常的な情景よりも異国の文化に興味を持ったことは当然だが、こうした短篇にも米という食べ物の主題が隠されているのは確かである。農業に関するリュミエール社の作品としては、ノルマンディー地方を舞台とする撮影者不詳の『耕作』（一八九六）もある。

リュミエール兄弟以降も、映画は一貫して食事や食べ物の主題に強い興味を持ち続けている。ここでは食べるという行為を中心に据えて、映画がどのように食を描いてきたか、簡単に素描してみたい。(1)

二　貧しい食事と富める食事

ルイス・ブニュエルの短篇ドキュメンタリー『糧なき土地』（一九三三）では、スペインの山岳地帯のラス・ウルデスに住む子供たちは貧しくいつもお腹をすかせている。彼らは学校で配られるパンを小川の水に浸して食べる。家に持って帰ると、親に奪われてしまうからだ。

映画はそんな貧しい食事を頻繁に描いている。D・W・グリフィスの『散り行く花』（一九一九）のルーシーは父親から日常的に虐待を受けている。ルーシーが料理を給仕する時に誤って父親の手に料理をこぼしてしまうと、父親は彼女を鞭で打つ。彼女の食事は惨めなもので、父親が食事を終えた後、その食べ残しをやっと食べられるだけだ。チャールズ・チャップリンは貧しい食事を喜劇的に描く。監督兼主演の『黄金狂時代』（一九二五）では、金鉱探しの主人公とビッグ・ジムが飢えに苦しむあまり靴を茹でて食べる。同じく監督兼主演の『モダン・タイムス』（一九三六）では、主人公が工場で自動給食機の実験台にされるが、機械が正常に動かず散々な目に遭う。この機械は台の上に置かれた料理を順々に口元へ運ぶことで、食事時間を節約するもので、食事という行為の楽しさや豊かさを完全に否定している。映画の別の場面では、少女がパンを盗んで警官に捕まり、無職になった主人公も無銭飲食をして警官に捕まって、二人は知り合うことになる。また、ジョン・フォードの『タバコ・ロード』（一九四一）では、貧農の家族が空腹で苦しみ、ベンジーから蕪の入った麻袋を力ずくで奪うと、その蕪を生のまま食べる。

こうした悲惨な食事の描写は、二一世紀の映画においても変わらない。例えば、タル・ベーラの『ニーチェの馬』（二〇一一）では、年老いた男とその娘は茹でたじゃがいもだけの食事を単調に繰り返す。

その一方で、映画は豪華な食事も頻繁に描いている。エリッヒ・フォン・シュトロハイムの『愚なる妻』（一九二二）では、監督自身が演じる詐欺師は目覚ましに牡牛の血を飲んだ後、朝からキャビアを食べる。同じくシュトロハイムの未完の作品、『クイーン・ケリー』（一九二九）と、ジョセフ・フォン・スタンバーグの『恋のページェント』（一九三四）には、細長い大きなテーブルを囲む豪華な夕食会の場面がある。前者では料理そのものは実のところ画面に示されないが、後者では豪華な料理が移動ショットで丁寧に示される。二一世紀に入ると、ソフィア・コッポラの『マリー・アントワネット』（二〇〇六）では、ヴェルサイユ宮殿でヒロインや他の登場人物が高級なお菓子を何度も食べる。

映画は質素な食事と豪華な食事の両方を繰り返し描く。両者を比較すれば、貧しき者たちと富める者たちの間の階級差がはっきりと浮かび上がる。実際、二種類の食事が一本の作品のなかで対比的に描かれることもある。例えば、D・W・グリフィスの『イントレランス』（一九一六）のバビロン篇では、山の娘が質素な食事をしてヤギの乳を飲む一方で、貴族たちが贅沢な祝宴を数日間続ける。

ただし、貧しき者たちの食事がいつも悲惨な訳ではなく、富める者たちの食事がいつも贅沢な訳でもない。フランク・キャプラの『或る夜の出来事』（一九三四）では、失業中の新聞記者のピーターと富豪の令嬢のエリーが一緒に旅をする。モーテルでピーターがスクランブルエッグなど朝食を準備し、二人はテーブルにつく。エリーがドーナツをコーヒーにたっぷり浸していると、ピーターが見かねて食べ方を実演してみせる。ドーナツはさっと浸して食べないといけないのだ。失業中の貧しい男にも食事の楽しみと流儀があり、それらを金持ちの娘に伝授するのである。一方、ジョン・ファヴローの『アイアンマン』（二〇〇八）では、巨大軍事企業のＣＥＯのトニー・スタークはテロ組織から脱出して帰国すると、何よりも先にチーズバーガーを欲する。別の場面では、彼はチェーン店のピザも自宅で食べる。金持ちが高級な料理ではなく、庶民的なファストフードを好むのだ。

真に貧しき者は食事を楽しむことなど一切できない。貧しき者は質素な食事をそれなりに豊かに味わおうとする。富める者は食事を十分に楽しめる。ただし、その食事は常に豪勢な高級料理とは限らず、庶民的な食べ物を好むこともある。このようにして見ると、食べるという行為を貧しき者の行為と富める者の行為に分けることは、本質的な区別ではないことが分かる。本質的なのは、ただ食べることとよく食べることという区別だ。人は単にものを食べるだけでなく、よく食べようと望む。相対的に貧しき者や豊かな者はそれぞれのやり方でよく食べることを追求するが、真に貧しき者にはそれができない。分割の線はここに引かれる。ところで、よく食べることとは必ずしも豊富な栄養をとることに一致せず、むしろ、栄養摂取という生命の必要から逸脱して美味を堪能することに対応する。とはいえ、美味しいものをひたすら食べ続ければ成人病などになり、そのような美食は果たしてよく食べることと言えるのかという疑問が生ずるだろう。よく食べることとは美味の追求と健康的な食事の均衡において実践されるべきものである。

いずれにせよ、食文化はただ食べるという行為のなかにはなく、よく食べるという行為において成立する。そして映画は娯楽であれ芸術であれ、文化的な対象であり、その意味で食文化とある程度の類縁性を持つが、ただ食べるという行為とは異質な領域に属しているように見える。

三　飲食店と料理道

家庭内の日々の食事にこそ食文化の神髄があるのかもしれないが、食文化の最も明白な形態のひとつとして外食産業が存在する。映画では食文化の場としてレストランがしばしば描かれる。アキ・カウリスマキの『希望のかなた』(二〇一七)では、ヴィクストロムが衣類のセールスの仕事をやめ、レストランを買ってオーナーになる。この店で提供される料理はいい加減なもので、食文化へのこだわりは感じられない。レストランは不調で、改装されて寿司屋になったりもするが、オーナーにも料理人にも寿司に関してにわか仕込みの知識しかない。料理自体にもっと目を向けた映画もある。ブラッド・バードの『レミーのおいしいレストラン』(二〇〇七)では、鼠のレミーが料理の才能を発揮する。辛口の料理評論家イーゴはレミーのラタトゥイユを食べて感動し、絶賛の記事を書く。伊丹十三の『タンポポ』(一九八五)では、さびれたラーメン屋の女主人がトラックの運転手の指図を受けて料理の修業をする。ラーメンの腕が上達し、改装された店は人気店となる。まさに料理道の物語で、芸道物の変形として観ることが可能だ。

料理道の物語の奇妙な変形として、料理対決の物語も存在する。森崎東の『美味しんぼ』(一九九六)では、優れた味覚と料理の腕を持つ新聞記者の山岡士郎が、新聞社の企画で究極のメニューに取り組み、やがて父親の海原雄山と料理の対決をすることになる。この映画は雁屋哲の漫画を原作としているが、同じ漫画から影響を受けたと思しき映画が、ツイ・ハークの『金玉満堂　決戦!炎の料理人』(一九九五)だ。この喜劇では、老舗の名門レストランが乗っ取りをたくらむ料理人から挑戦を受け、満漢全席という宮廷料理で対決をすることになる。対決では風変りな料理が次々と出てきて、最後には猿の脳味噌が調理される。

四　家族の食事

　食事の楽しみは美味しいものを食べることだけではない。食事をしながらの人との会話も重要な楽しみのひとつだ。特に、家族の食事は家族間のコミュニケーションの場という重要な機能を担っている。映画はしばしばそうした家族の食事を描く。城定秀夫は家族の食事を好んで描く監督だ。例えば、彼の『妻の秘蜜～夕暮れてなお～』（二〇一六）、さらには城定夫名義の二本、『義理の娘が眩しすぎて。』（二〇一五）と『妹がぼくを支配する。』（二〇一五）では、家族の食事の場面が繰り返し登場して、重要な役割を果たしている。田中登の『好色家族　狐と狸』（一九七二）では、宝田家の娘たちが男を連れて実家に集い、一緒に食事をする様子がユーモラスに描かれる。女たちは皆スパゲッティを食べ、男たちは皆西瓜を食べる。溝口健二の『赤線地帯』（一九五六）では、吉原の通いの娼婦ハナエと結核を患う夫が赤ん坊を連れてラーメン屋に入って夕食をとるが、その光景には生活の苦労が滲み出る。ホウ・シャオシエンの『悲情城市』（一九八九）は、一九四〇年代後半という、日本の統治から解放されたばかりの時期の台湾の物語を語り、そこに大家族の食事の場面が繰り返し登場する。小津安二郎の『東京物語』（一九五三）では、平山とみの葬式後、平山家の人々がテーブルを囲んで食事をする。ジャ・ジャンクーの『山河ノスタルジア』（二〇一五）では、母親のタオの作る麦穂餃子が母親と息子の絆の役割を果たす。ただし、『東京物語』は家族の崩壊の物語を語り、『山河ノスタルジア』では、息子は両親の離婚後、父親に引き取られ、母親から遠く離れて生活することになる。映画では家族の絆はもろいのだ。事実、家族の食事は円滑なコミュニケーションばかりを語る訳では全くなく、反対に家族間の断絶を語ることが多い。例えば、オーソン・ウェルズの『市民ケーン』（一九四一）と成瀬巳喜男の『めし』（一九五一）では、朝食の光景が夫婦の亀裂を描写する。『市民ケーン』では、夫婦の朝食が六回連続して示され、二人の関係が破綻していく過程が浮き彫りになる。『めし』では、冒頭の夫婦の朝食における夫の無関心な様子が二人の間の亀裂を示す。同じく成瀬の『あにいもうと』（一九五三）では、家族がちゃぶ台を囲んで昼御飯の大きなぼた餅を食べていると、兄と妹の間で取っ組み合いの喧嘩が始まる。小津安二郎の『生れてはみたけれど』（一九三二）では、吉井家の二人の子供が食事をすることを拒否して、父親への抗議の意志を示す。森田芳光の『家族ゲーム』（一九八三）では、沼田家の食事は横一列に並んで行なわれ、この一風変わった配置による食事を通じて家族の崩壊が描かれる。

五　様々な人たちとの食事

映画は友人や知人、あるいは初対面の人等、様々な人たちとの食事を描く。なかでも友人たちの食事は映画に頻出する。ホウ・シャオシエンの『恋恋風塵』（一九八六）では、家族の食事と友人たちの食事の両方が描かれる。少年のワンは映画館の裏の部屋に住み、そこで仲間たちと一緒に食事をすると、一人の少女が立ちながらご飯を食べる。キング・ヴィダーの『城砦』（一九三八）では、医者のマンソンと妻のクリスティンは旧友のデニーと再会すると、彼をイタリア料理店に連れて行く。その店で三人は旧交を温めるが、マンソンがデニーと一緒だった頃のマンソンではもはやないことも、浮き彫りになる。チャールズ・ヴィダーの『カバーガール』（一九四四）では、ナイトクラブの仲間であるラスティとダニー、ジーニアスは、毎週金曜日の夜にショーが終わると馴染みのレストランに行く。三人はそこでいつも殻付きの牡蠣を注文して、殻のなかに真珠がないか探す。「出でよ、真珠」と、おまじないをかけながら探すのだ。ジャック・ロジエの『オルエットの方へ』（一九七一）では、三人の女友達がバカンスに行き、食事を繰り返す。食卓での主な話題はダイエットだ。エリック・ロメールの『緑の光線』（一九八六）でも、友人たちの食事が繰り返し描かれる。デルフィーヌはシェルブールにあるフランソワーズの実家に招かれて一緒に食事をする時も、「お肉は食べないの」と言って肉料理に一切手をつけない。城定秀夫の『タナトス』（二〇一一）では、千尋とリクがラーメン屋で男女間の友情を育む。堀禎一の『憐 Ren』（二〇〇八）では、親友の二人の高校生がレストランで夕飯を食べながら将来の夢を語り合う。塩田明彦の『さよならくちびる』（二〇一九）では、二人の女性歌手と彼女たちを支える男性マネージャーが、音楽ユニットの解散を目前に控えて、三人の最後の時間を大事にしようとファミリーレストランで一緒に食事をする。溝口健二の『赤線地帯』では、吉原を出奔するより江のために、店の娼婦の仲間たちが部屋に集まって食事をする。小津安二郎の『早春』（一九五六）では、杉山正二が軍隊での仲間たちと小料理屋に集って、ツーレロ節を歌いながら昔を懐かしむ。一方、アパートの部屋で会社の杉山以外の同僚たちがうどんを食べていると、そこにキンギョというあだ名の千代が遅れて現れるが、杉山との仲を問い質されると、怒って出て行く。

ジョン・フォードは食事の場での複雑な人間模様を巧みに描く。彼の『駅馬車』（一九三九）では、駅馬車に乗り合わせた乗客たちが停車駅で一旦降りて、皆で昼食をとる。出されるのは、西部劇ではお馴染みの豆料理、チリコンカンだ。食事の場での振舞いや会話が、乗客の間にある微妙な感情を露にする。同じくフォードの『荒野の女たち』（一九六六）では、中国で活動する伝道師の一行のもとに、女医のカートライトが到着し、皆が一緒に夕食をとる。一行を率いる厳格なアガサ・アンドルースと煙草好きのカートライトのやりとりは不穏な緊張を孕み、重々しい雰囲気のなか、食事はなかなか進まない。

酒場やレストラン等、飲食店では、様々なコミュニケーションが生じる。内田吐夢の『たそがれ酒場』（一九五五）は、酒場を唯一の舞台として、大勢の客たちが酒を飲み食事をしながら繰り広げる一晩の人間模様を描いている。西部劇では、飲食店でしばしば喧嘩が起こる。酒場以外の例を挙げよう。サム・ペキンパーの『昼下りの決斗』（一九六二）では、スティーヴとギルと若いヘックの三人が中華料理店で食事をしていると、突然、男たちが現れてヘックに殴りかかり、乱闘になる。ジョン・フォードの『リバティ・バランスを射った男』（一九六二）では、食堂で働くランスが客のトムにステーキとパイを給仕しようとすると、無法者のリバティ・バランスがランスの足をわざと引っかけて、あわや撃ち合いの危機になる。

六　食べ物の贈与

人々が一緒に食事をする時でなくても、食べ物がコミュニケーションの機能を果たす場合がある。その代表的な例が食べ物を与えるという行為だ。映画でも食べ物の贈与が描かれることがある。例えば、宮崎駿の『千と千尋の神隠し』（二〇〇一）では、油屋で働き出した少女の千尋にハクが優しい言葉をかけておにぎりを渡し、千尋はそれを食べて泣く。同じく宮崎駿の『風立ちぬ』（二〇一三）では、堀越二郎がシベリアというお菓子を道端の幼い少女と少年に差し出すが、二人はプライドを傷つけられたというように怒った表情をして、施しを拒否する。前者ではコミュニケーションが上手くいくが、後者では失敗する。また、阪本順治の『半世界』（二〇一八）では、高村紘が妻から渡された手作りの弁当を食べようとすると、ご飯の上に田麩でバカという言葉が書かれている。

食べ物の贈与はしばしば愛の行為として行なわれる。その最も明白な例が加藤泰の映画に見出される。『明治侠客伝　三代目襲名』（一九六五）では、娼妓の初栄が河原で菊池浅次郎に桃を渡す。『沓掛時次郎　遊侠一匹』（一九六六）では、おきぬが渡し舟で時次郎に柿を渡す。『緋牡丹博徒　お竜参上』（一九七〇）では、お竜が雪の降る今戸橋で青山常次郎に蜜柑を渡す。どれも、川の上か岸で女が男に果物を手渡す。『明治侠客伝　三代目襲名』の桃と『緋牡丹博徒　お竜参上』の蜜柑は明らかに女の愛情の表現だ。『沓掛時次郎　遊侠一匹』の熟れた柿は宿命の男女を出会わせ、二人の距離を縮める役割を果たす。

七　恋愛

食べ物を贈る行為だけでなく、そもそも食事をする行為が恋愛と強く結びついている。男女が仲を深める際に外食を繰り返すのは普通のことだから、これは当然だろう。小津の『早春』では、杉山正二と千代は外食を繰り返しながら不倫の関係に至る。二人はまず中華料理店で昼食をとり、次にお好み焼き屋の個室で夕飯を食べながら接吻をかわす。ヤスミン・アフマドの『細い目』（二〇〇四）では、オーキッドとジェイソンはファーストフード店で初めて二人きりで会い、その後も外食を繰り返しながら愛を育んでいく。オットー・プレミンジャーの『堕ちた天使』（一九四五）では、そもそも男女の出会いの場が飲食店であり、詐欺師のエリックは田舎の食堂でステラに出会い一目惚れする。エルンスト・ルビッチの『天使』（一九三七）では、アンソニーと外交官夫人のマリアは偶然の出会いの後、レストランで食事をして愛情で結ばれるが、女は名前も告げずに姿を消す。サム・ウッドの『打撃王』（一九四二）では、ルー・ゲーリッグとエレノアは、野球場で互いを見知った日の夜にレストランで一緒になって親しくなり、やがて恋人同士になる。エレノアが店で注文するのはラムチョップとパイナップルだ。トッド・ヘインズの『キャロル』（二〇一五）では、キャロルとテレーズはスカリーズというレストランで初めて二人きりで会って昼食をとり、不倫の同性愛の関係が始まる。武田一成の『主婦の体験レポート　おんなの四畳半』（一九七五）では、野百合の営むおでん屋で二組の男女が愛を語り合う。この店で、野百合と真太郎は愛を育み、その一方で、人妻の静江に対する予備校生の純の恋心が終わりを迎える。『女は男の未来だ』（二〇〇四）で、大学の美術講師のムノが学生たちとテーブルを囲むレストランや、『次の朝は他人』（二〇一一）の小説という名のバー、『自由が丘で』（二〇一四）の自由が丘という名のカフェなど、ホン・サンスの映画では飲食店が繰り返し恋愛遊戯の場となる。

酒と食事の場で男と恋愛遊戯を繰り広げて金を稼ぐ女たちがいる。映画はそんな女たちを繰り返し描いてきた。吉村公三郎の『偽れる盛装』（一九五一）では、祇園の芸者の君蝶が男の客を酒と肴と色気でもてなしながら金をせびる。彼女は貰った金を襖の裏ですぐに確かめる。嫉妬心から他の芸者がその場に乗り込んで、女同士の取っ組み合いの喧嘩が始まることもある。サトウトシキの『ネオン蝶』（二〇一三）でも、桜子は男の客を酒と肴と色気でもてなしながら、ホステスとして成功しようとする。

飲食店ではなく、屋台や弁当屋が恋愛と関わりを持つ場合もある。イエジー・スコリモフスキの『早春』（一九七〇）では、少年のマイクは、思いを寄せる年上のスーザンが婚約者と一緒に会員制のクラブに入ると、外で待ち伏せをしながら、マスタードつきのホットドッグを何度も買って食べる。堀禎一の『ＳＥＸ配達人　おんな届けます』（二〇〇三）では、美香とオサムは同棲し、美香は弁当屋で働く。進は彼女を目当てにその店でいつもイカフライ弁当を買い、やがて二人きりで会うが、このデートはうまく行かずに終わる。オサムは弁当屋で美香から同じイカフライ弁当を二つ買い、一緒に食べてその後結婚しようと申し込み、彼女もそれを受け入れる。

家での食事もしばしば恋愛と結びつく。溝口健二の『残菊物語』（一九三九）では、家族の他の者たちが花火を見に出かけている時、歌舞伎役者の菊之助は家で西瓜を切ってお徳と一緒に食べ、二人の仲が親密になる。城定秀夫の『恋の豚』（二〇一八）では、太った風俗嬢のマリエがカズのために朝食を作って一緒に食べることが、二人の同棲生活の開始を告げる。カズは不味そうな味噌汁や目玉焼きについては文句ひとつ言わず、「納豆は大粒のほうがいいよな」とだけ言う。田中登の『ハードスキャンダル　性の漂流者』（一九八〇）では、少年が年上の女のアパートに行き、女がフライパンでステーキを焼く。少年が悪事で得た金で買った牛肉だ。二人はそのステーキを食べながらお互いの関係について話し、女がイロとヒモだと言うと少年は無邪気に喜ぶ。新海誠の『天気の子』（二〇一九）では、高校生の帆高が初めて同年代の陽菜のアパートを訪れると、陽菜が炒飯を作り、二人はそれを食べながら仲を深める。炒飯には、帆高が持参したポテトチップスが入っている。『恋の豚』でも、『ハードスキャンダル　性の漂流者』でも、『天気の子』でも、女が自分の家の台所で男のために調理を行なう。『残菊物語』で西瓜を切るのは男のほうだ。

八　エロス

食事が恋愛と結びつく時、食事という行為は程度の差こそあれどこか性的な性格を帯びる。そしてこの行為は時折、性的な性格を隠すことをやめたり、性行為と直接結びついたりする。ジャン・ルノワールの『草の上の昼食』（一九五九）では、森での昼食会の開催中、ガスパールの笛の音とともに激しい突風が吹く。するとたがが外れたように、参加者たちは性的な欲望に突き動かされて行動し始める。根岸吉太郎の『狂った果実』（一九八一）では、哲夫と千加が海沿いの食堂で食事をしていると、「精がついちゃうんだから」と店の女から白子を勧められる。哲夫が頼んで食べていると、「今晩眠れないよ」とその女にからかわれる。また、小津の『早春』の男女がお好み焼き屋の後にホテルに行って泊まるように、飲食店での食事とホテルでの性行為はしばしば組み合わされる。別の例を挙げると、小沼勝の『ブルーレイン大阪』（一九八三）では、クラブのママの待子と写真家の悠司はホテルでの情事の後、うどん屋に入る。

このように屋外や飲食店での食事の例も多いが、むしろ家での食事のほうが性的な欲望や行為と結びつきやすいのかも知れない。城定秀夫の映画では、女の手作りの料理の後、しばしば性行為が行なわれる。例えば、城定夫名義の『美人妻白書　隣の芝は』（二〇一三）では、人妻の麻子が隣の民夫の部屋を訪れる。彼女はカレーライスを作り、二人は食事をした後、風呂場とベッドで情事を重ねる。同じく城定秀夫の『汗ばむ美乳妻　夫に背いた昼下がり』（二〇一六）でも、人妻のカオルは男のためにカレーライスを作り、食事の後、情事に耽る。彼女は下着姿で、修理業者の浅野と一緒にカレーライスを食べるのだ。一方、小沼勝の映画では、料理とも言えないような男の簡単な料理の後で、性行為が行なわれる。例えば、『OL官能日記　あァ！私の中で』（一九七七）では、亜佐美が水色のワンピースを着て男のアパートを訪れる。男はラーメンを作っている最中で、二人はそれを食べた後に情事に耽る。この時、男の飼っている大量のひよこが籠から出てきて、濡れ場は幻想的な様相を呈する。同じく小沼の『さすらいの恋人　眩暈』（一九七八）でも、京子が男のアパートを訪れると、男は水色のジャンパーを着てカップ麺を作っている最中で、二人は食事の後、やはり情事に耽る。また、堀禎一の『SEX配達人おんな届けます』では、弁当屋のやり取りだけでなく同棲中の部屋での食事も描かれており、美香とオサムはこたつを囲んで夕飯を食べながら結婚について語り合い、その後、布団のなかで体を重ね合って情事に耽る。

食べ物や食べる行為それ自体があからさまに性的なものとして描かれる場合も多い。ツァイ・ミンリァンの『西瓜』（二〇〇五）では、水不足により西瓜のジュースが大いに売れるなかで、シャンチーもそれを作って飲む。映画の冒頭のベッドシーンでは、半分に切られた西瓜が女性器に見立てられており、西瓜は明らかに性的な価値を帯びている。城定秀夫の『覗かれる人妻　シュレーディンガーの女』（二〇一八）では、生島が向かいのアパートに忍び込むと、奇妙な成り行きで、人妻の麻夕と彼女の認知症の義父との三人で全裸になって食卓で素麺を食べたり、縁側で西瓜を齧ったりする。この西瓜は『残菊物語』の西瓜よりも、『西瓜』のあからさまに性的な西瓜に近い。このように食事はしばしば性的な行為であり、エロスすなわち生の欲動とはっきり結びついている。

九　タナトス

食事は生命を維持するための行為であるが、同時に死への傾斜も含んでいる。鈴木清順の映画を例に挙げよう。『ツィゴイネルワイゼン』（一九八〇）では、青地周子が腐りかけの水蜜桃を美味しそうに食べるが、薄い果皮を舌で舐める仕草のアップには異様な色気が漂っている。この色気はエロスよりも、むしろタナトスすなわち死の欲動と結びついている。この映画は他にも様々な食べ物が登場するが、語られるのは死をめぐる物語であり、食べ物の主題と死の主題は明らかに結びついている。『殺しの烙印』（一九六七）では、米が炊ける匂いの好きな殺し屋の物語が語られる。ここで米の匂いは何より性的な欲望に関係しているが、殺し屋の暗殺にも間接的に結びついている。

鈴木清順の『殺しの烙印』のように、映画では食事は時に殺人と関わりを持つ。ジョニー・トーの映画では、特にこの傾向が顕著だ。例えば、『ザ・ミッション　非情の掟』（一九九九）では、殺し屋たちがレストランの丸テーブルを囲んで拳銃を撃ち合い、『ＰＴＵ』（二〇〇三）では、黒社会の幹部の男がレストランで刺され、自力で病院に行こうとするが死ぬ。トーの『エグザイル／絆』（二〇〇六）では、ウーの家で男たちが拳銃を撃ち合い、赤ん坊の泣き声が聞こえると彼らは銃撃戦を中止して、料理を作り夕食をとる。冒頭のこのくだりでは死者は出ないが、その後、再び熾烈な銃撃戦がレストランで行なわれ、その時、ウーは死ぬことになる。同じくトーの『冷たい雨に撃て、約束の銃弾を』（二〇〇九）では、殺された娘の復讐を誓うコステロが、三人の殺し屋に自ら作ったスパゲッティを振舞う。丸テーブルを囲んでのこの食事はコステロと殺し屋たちの関係を構築する一方で、死の影に明らかに覆われている。さらに、森のなかで、食事の後に銃撃戦が勃発するくだりもある。

西部劇でも、食事と殺人が結びつくことが多い。キング・ヴィダーの『ビリー・ザ・キッド』（一九三〇）の場合は、殺人というより処刑による死が食べ物によって示唆される。何人もの人を殺したビリー・ザ・キッドが洞窟のなかに立てこもって飢えていると、保安官のパット・ギャレットがベーコンの匂いで外に誘き出す。映画はビリー・ザ・キッドの早すぎる死を描かずに終わるとはいえ、ここでベーコンは死への第一歩を示している。サム・ペキンパーの『ビリー・ザ・キッド／21才の生涯』（一九七三）では、食事が繰り返し行なわれ、多数の人が殺される。ビリーは戸外での食事中に見知らぬ男たちから挑まれるが、彼らを撃ち殺す。また、ビリーがある友人の家を訪れると、そこに保安官代理の男がいる。ビリーは一緒に食事をすると外に出て、決闘により保安官代理を撃ち殺す。ジョン・フォードの『捜索者』（一九五六）では、イーサンの弟一家は夕飯の準備の最中にコマンチ族に襲われ、二人の姪が誘拐されて、残りの者は殺されてしまう。バッド・ベティカーの『ブキャナン・ライズ・アローン』（一九五八）では、トム・ブキャナンが酒場でステーキを食べ終えると、メキシコ人のホアンが判事の息子のロイを撃ち殺し、トムも共犯にされてしまう。

映画では、食事が性的な欲望と殺人の両方と結びつくことも多い。ルイス・ブニュエルの『ビリディアナ』（一九六一）では、乞食たちが屋敷に入り込んでまるで最後の晩餐のような饗宴を開く。その後、乞食の一人がビリディアナに襲いかかるが、別の乞食に殺される。城定秀夫の『人妻セカンドバージン　私を襲って下さい』（二〇一三）では、相手は死なないものの、人を刺して逃走中の潤二が血まみれの姿のまま、民家に押し入る。潤二は人妻の麻子を脅して炒飯を作らせ、食欲を満たすと、今度は麻子を押し倒して犯す。長谷部安春の『暴行切り裂きジャック』（一九七六）では、ユリとケンは少女を殺し情事に耽った後、スパゲッティを食べる。食事をする二人の口元がアップで示されて食欲が強調され、「今度は誰にする」と、ユリはケンに尋ねる。エロスとタナトスが同じひとつの欲動の両面であり、食欲もその欲動に貫かれていることが、ここではっきりと示されている。ポール・トーマス・アンダーソンの『ファントム・スレッド』(二〇一七)では、アルマは毒茸の料理を作って、愛するレイノルズに食べさせて殺す。この映画でも、エロスとタナトスは同じひとつの欲動の表と裏であり、愛と殺人と食事は最終的に一体化している。神代辰巳の『女地獄　森は濡れた』(一九七三)では、ホテルの主人と妻が乱交をしながら二人の男性客を射殺し、その後、その死体の上で食事をする。ちなみに、死体の上に載せられた料理は、アルフレッド・ヒッチコックの『ロープ』(一九四八)における、死体を隠す衣装箱の上に載せられた料理に通じる。

映画では、人はしばしば何かを食べながら自らの死に至る。サッシャ・ギトリの『とらんぷ譚』(一九三六)では、主人公以外の彼の家族十一人全員が毒茸を食べて死んでしまう。『ファントム・スレッド』の毒茸と違って、これは故意によるものではない。フォルカー・シュレンドルフの『ブリキの太鼓』(一九七九)では、妊娠したアグネスは海岸で馬の首から鰻が出て来るのを見て吐き、それ以来魚ばかり食べ続けて自殺する。ピエル・パオロ・パゾリーニの短篇「ラ・リコッタ」(一九六三)では、イエスの磔刑の撮影中に、イエスとともに磔にされる罪人役の俳優が、リコッタチーズの食べすぎにより十字架上で死んでしまう。マルコ・フェレーリの『最後の晩餐』(一九七三)では、四人の男が邸宅に集まって美食の限りを尽くし、娼婦たちを呼んだりしながらも、異常な食欲の果てに次々と死んでいく。

一〇　カニバリズム

食事の主題と死の主題の結合における最も異様な例のひとつがカニバリズムだろう。ルッジェロ・デオダートの『食人族』(一九八〇)やウンベルト・レンツィの『人喰族』(一九八一)、イーライ・ロスの『グリーン・インフェルノ』（二〇一三）はどれも、白人がアマゾンを訪れ、そこで部族に襲われてカニバリズムの餌食となるという物語を、残酷な描写とともに描いている。ウンベルト・レンツィは、『怪奇！魔境の裸族』（一九七二）ではタイの奥地での、『食人帝国』（一九八〇）ではニューギニアの奥地でのカニバリズムをすでに描いていた。こうした一連の映画では、文明国の白人と未開の部族民が対比されて、カニバリズムが未開の部族民の残虐さの象徴として描かれている。

だが、映画で人肉を食べるのは未開の部族民ばかりではない。そうした場合、カニバリズムはしばしば社会への批判や風刺の機能を果たす。例えば、リチャード・フライシャーの『ソイレント・グリーン』（一九七三）では、未来のアメリカでソイレント社が人肉を販売する。この映画では、カニバリズムという反文明的な行為が未来の文明国家で行われることで、現代社会の歪んだ側面が示唆されている。ジャン＝リュック・ゴダールの『ウイークエンド』（一九六七）では、夫婦の奇妙な週末旅行は、妻のコリンヌが殺された夫のロランの肉を食べるという結末に至る。ここでも、反文明的な行為としてのカニバリズムによって現代社会の狂気が描かれている。ピエル・パオロ・パゾリーニの『豚小屋』（一九六九）では、中世と思しき時代に男が人肉の味を覚え、彼を中心に人肉を食べる集団が形成される。この映画でも、カニバリズムは反文明的で反社会的な行為として描かれるが、社会では抑圧されてしまう、命溢れる野性的な行為にも見えるところが、他の作品と大きく異なる点である。

もっと個人的なレベルでカニバリズムが描かれることも多い。例えば、ピーター・グリーナウェイの『コックと泥棒、その妻と愛人』（一九八九）では、泥棒のアルバートが妻の愛人であるマイケルを殺し、妻のジョージーナは復讐のためにマイケルの丸焼きを夫に食べさせ、そして夫を殺す。また、マノエル・ド・オリヴェイラの『カニバイシュ』（一九八八）では、手足のない子爵が死を選ぶと、その肉が食事に出される。『コックと泥棒、その妻と愛人』では、カニバリズムがおぞましく描かれるが、『カニバイシュ』では、それは平然と行われ、そのことが特異な効果をもたらしている。

殺人鬼がカニバリズムを行なう映画もある。ウェス・クレイヴンの『サランドラ』（一九七七）では、人を殺してはその肉を食べる家族が砂漠に住んでいる。ジョナサン・デミの『羊たちの沈黙』（一九九一）のレクター博士も、次々と人を殺してはその肉を食べる。こうした殺人鬼を見て、カニバリズムと性的な嗜好の結びつきを考えることは難しくない。

実際、カニバリズムはしばしば個人の性的な嗜好と強く結びついたものとして描かれている。ルーシァン・キャステーヌ＝テイラー＆ヴェレナ・パラヴェルの『カニバ／パリ人肉事件38年目の真実』（二〇一七）は、フランス留学中にオランダ人女性を殺害してその肉を食べた佐川一政についてのドキュメンタリーである。エックハルト・シュミットの『トランス／愛の晩餐』（一九八二）では、少女のシモーネがロック・スターに憧れて肉体関係を結ぶが、彼の態度が冷たくなると、殺して腕や足を切断し、その肉を食べてしまう。ジュリア・デュクルノーの『RAW　少女のめざめ』（二〇一六）は、少女のジュスティーヌがカニバリズムに徐々に目覚めていく過程を丁寧に描いている。こうした作品では、カニバリズムは明らかに性的な行為として描かれている。

『性理論のための三篇』において、フロイトは次のように記す。

そういった性器期前の性的編成のうちの最初のものは、口唇的編成と名づけられるものであるが、必要があれば、食人的編成と名づけてもよい。性的活動はここでは、食べ物を摂取することからまだ分離していない。つまりこの編成のなかでは、対立物はまだ未分化なままである。一方の活動の対象は同時にもう一方の活動の対象にもなっている。であるから、性目標は対象の体内化である。ちなみにこの体内化は、のちに同一化と名づけられて非常に重要な心的な役割を演ずるようになるものの祖型をなす。(2)

口唇期という性的編成の第一段階においては、性的活動はまだ食べ物の摂取と分離していない。性欲と食欲は起源においては同じものだった。フロイトは口唇的編成を食人的編成とも呼んだが、それは、この段階では性的活動の目標は対象を同化することだからである。母乳を飲む行為も極端に言えば一種のカニバリズムだ。レヴィ＝ストロースは次のように述べる。「時と場所に応じて極めて多様な様相や目的を示すが、どの場合でも、人間の身体のなかに、他人の身体に由来する部分や物質を故意に取り入れることである。カニバリズムの概念はこうして悪魔祓いをされて、これからはかなりありふれたものに見えるだろう」(3)。従って、レヴィ＝ストロースに倣って、「私たちは皆、食人種である」と言うことも可能なのだ(4)。

一一　おわりに——欲動

ここまで、映画における食事の主題について様々な例を挙げながら考察を試みてきた。食事はエロスとタナトスの両方に結びついている。これは奇妙なことでは全くない。『快感原則の彼岸』において、フロイトは、「欲動とは、より以前の状態を再興しようとする、生命ある有機体に内属する衝迫である」(5)と述べた。以前の状態の再興が欲動全般の性格であるならば、フロイトの欲動二元論は実のところ一元論に回収されうる。これについて、國分功一郎は次のように説明している。

> 元の状態に戻ろうとする本能に基づいて、緊張を排し、平衡を取り戻そうとする傾向があらゆる生物の中に見出されるのだとしたら、それが目指す究極的目標は、物質に還ること、すなわち死であろう。もちろん、ここでごく単純な疑問が提示される。あらゆる生命の目標が死であるのなら、なぜあらゆる生命には自己保存本能が、すなわちエロスと呼ばれる

生の本能が見出されるのか？　フロイトの答えは簡単である。生の本能は死の本能の部分にすぎない。生命は、外から与えられるのではない、自分自身の死を目指している。［……］生の本能は、死の本能の部分を近視眼的に見た時に見出されるものにすぎない。(6)

ここでは生の欲動は生の本能と、死の欲動は死の本能と呼ばれている。「生命は、外から与えられるのではない、自分自身の死を目指している」という説明には、補足が必要だろう。欲動は保守的なものであり、有機体は外部からの妨害による状態の変化に抵抗して、以前の状態を回復しようとする。この回復の最終的な目標は生命の誕生以前の状態としての死であり、それ故、この死は外部からの妨害による死ではなく、より長い過程を経て至る自然な死、すなわち自分自身の死なのだ。(7)こうした一元論において、エロスとタナトスの差異は、回復されるべき以前の状態の差異に相当する。ただし、これは相対的な差異では全くない。『差異と反復』において、ドゥルーズは、「快感原則が単に心理学的なものであるのに対して、それ［死の本能］はある超越論的な原理の役割を演じる」(8)と述べた。エロスとは、超越論的な原理としてのタナトスが経験の次元において表れたものである。つまり、エロスは経験の次元に属するが、タナトスは超越論的な原理なのだ。

食事に戻ろう。食欲もこうした欲動に基づく欲望である。とはいえ、ただ食べることとよく食べること、すなわち単に食欲を満たすだけの食事と食文化としての食事は異なっている。後者は映画という文化的な対象と類縁性を持つ。けれども、食文化も映画文化も、食欲を満たすだけの食事より複雑な様相を呈しているとはいえ、根本においては同じ欲動に由来することに変わりはない。映画における食事の主題の根源には、このような欲動が常に存在している。

（1）この論考は、『中央評論』誌に発表された次の文章をもとに大幅な加筆を経て成立したものである。伊藤洋司「映画と食と欲望と—食べ物をめぐる様々な場面」『中央評論』中央大学出版部、第三〇八号、二〇一九年七月、三九—四七頁。

（2）Sigmund Freud, *Trois Essais sur la théorie sexuelle*, traduit de l'allemand par Pierre Cotet et Franck Rexand-Galais, préface de François Robert, Presses universitaires de France, 2010, 2e édition, coll. « Quadrige », 2017, p. 76.（フロイト『フロイト全集6』渡邉俊之、越智和弘、草野シュワルツ美穂子、道籏泰三訳、岩波書店、二〇〇九年、二五四頁）。フロイトが指摘した口唇期のカニバリズム的でサディズム的な性格は、次の書物で簡潔に説明されている。中山元『フロイト入門』筑摩選書、二〇一五年、一八七—一八八頁。なお、本稿の引用では強調を省略した。また、引用にあたり翻訳を参照したが、訳文に修正が加えられている場合もある。

（3）Claude Lévi-Strauss, *Nous sommes tous des cannibales*, précédé de *Le Père Noël supplicié*, avant-propos de Maurice Olender, Éditions du Seuil, « La Librairie du XXIe siècle », 2013, p. 173.

（4）レヴィ＝ストロースの著書の題名を参照せよ。

（5）Sigmund Freud, *Au-delà du principe de plaisir*, traduit de l'allemand par Janine Altounian, André Bourguignon, Pierre Cotet, Alain Rauzy, préface de Jean Laplanche, Presses universitaires de France, coll. « Quadrige », 2010, 2e édition, 2013, p. 36.（フロイト『フロイト全集17』須藤訓任、藤野寛訳、岩波書店、二〇〇六年、九〇頁）。なお、日本語版の全集では、論文の題は「快原理の彼岸」と訳されている。

（6）國分功一郎『ドゥルーズの哲学原理』岩波書店、岩波現代全書、二〇一三年、七五頁。

（7）Voir Freud, *Au-delà du principe de plaisir*, pp. 36-38.（フロイト『フロイト全集17』九〇—九二頁）。

（8）Gilles Deleuze, *Différence et répétition*, Presses universitaires de France, « Épiméthée », 1968, 9e édition, 1997, p. 27.（ジル・ドゥルーズ『差異と反復』財津理訳、河出文庫、二〇〇七年、上巻、五九頁）。以前の状態を回復しようとすると反復が生ずるが、この反復という観点から、ドゥルーズはさらに次のように述べる。「エロスとタナトスは以下のように区別される。すなわち、エロスは反復されるべきものであり、反復のなかでしか生きられえないものであるが、（超越論的な原理としての）タナトスはエロスに反復を与えるものであり、エロスを反復に服従させるものである」（*Ibid.*, p. 29.〔同書、上巻、六三頁〕）。

自画像の変容

――ツェムリンスキーの歌劇《侏儒《こびと》》が成立するまで

小林正幸

一　アルマとともに――二つの自画像

オーストリア表現主義の画家、オスカー・ココシュカが描いた《風の花嫁》（一九一四年）は、彼の芸術的自画像の傑作として知られている。月光に照らされた蒼い世界、小舟のような寝床のなかで身を寄せ合っている男と女。周知のように、この「男」はココシュカ自身、「女」は、当時彼の恋人であったアルマ・マーラーである。この絵についてのカール・E・ショースキーの評言を要約すれば、「アルマは恋人の胸の上で満ち足りた気持ちを示しながら眠っている一方で、オスカーの疲れた眼は大きく開かれて虚空を凝視している。二人の精神の不協和から湧き起った嵐が彼らを天空の希望に導くのか、それとも海底の絶望へ沈めるのか曖昧なまま、この恋の行く末に漂う暗雲を仄めかす、率直な視覚的自伝になっている」(1)ということができる。

アルマの夫、ウィーンの宮廷歌劇場監督だったグスタフ・マーラーが一九一一年に病死した後、一九一二年頃からアルマとココシュカは恋愛関係にあった。おそらく《風の花嫁》は、その愛の絶頂期に描かれたであろうと推測されるが、結局、ココシュカの結婚への熱望は拒絶された。失意の画家は志願兵として第一次大戦の戦場へ向かう。重傷を負って帰還した後、彼はアルマが建築家ヴァルター・グロピウスの妻になったことを知らされた。《風の花嫁》に暗示されていた愛の破局がはからずも成就されたのである。もちろん、華麗なる未亡人と野性的な青年画家の「成就不可能な恋」(2)を告知するこの絵に画家自身は愛着を感じ、少なくとも破棄しようとまでは考えなかった。

もちろん、必ずしもこの絵を画家の個人史と関わらせる必要はない。愛における自我と他者の関係の可能性という内実的観点からも、また人間の心理的緊張を濃厚に表現する手法的観点からも、この絵には独自の価値があるといって間違いないだろう。あるいは、自画像が作者の個人的経験の単なる記録にとどまらず、超時代的な思想性や精神性をもっているかどうかでその真の価値が評価される、といってもいい。ココシュカは、アルマと並んだ自画像のなかで二人の関係が孕む心理的葛藤を表現することができた。そして、それは見る者の審美的観察眼を素直に納得させる要素をもっているということは、上に述べた通りである。

ところで、アルマとの恋愛関係から生まれた自画像というなら、おそらく、これをテーマに創作意欲をそそられた芸術家はココシュカだけではないだろう。世間の目に触れぬまま放置されている絵画がないとも限らないし、美術以外の領域で制作された芸術作品だってありうるだろう。

作曲家アレクサンダー・ツェムリンスキーもそうした芸術家のひとりだった。彼は、アルマから受けた失恋の体験を交響詩《人魚姫》のヒロインの悲恋に重ね合わせること、つまりそれを音楽的自画像として描き出すことで、過去の重荷からの解放を願ったのだろう、という通説がよく引用される。ツェムリンスキーにとってアルマはどのような存在だったのか。この交響詩成立の背景に何があるのか。さしあたり、この音楽的自画像の主人公、ツェムリンスキーとアルマの関係を確認することから始めよう。(3)

二人が最初に出会ったのは一九〇〇年二月、ツェムリンスキー二八歳、アルマ・シンドラーが二〇歳の時だった。ウィーン音楽院を卒業したツェムリンスキーは、当時存命中だったブラームス、一八九七年から宮廷歌劇場監督に就任したマーラーらの愛顧を得て、前途有望な青年作曲家のひとりと目されていた。一九〇〇年一月にはツェムリンスキーの歌劇《むかしむかし》がマーラーの指揮により宮廷歌劇場で初演された。その前年には、生まれ育ったユダヤ人の街、二区レオポルトシュタットからドナウ運河を越えて、リング通りに近い三区へ移り住む。一家は「ゲットー」からの脱出を果たしたことを喜んだであろう。また、一九〇〇年には不承不承ながらもオペレッタ専門のカール劇場の正指揮者となって、生活基盤を確保することもできた。

他方、アルマは早くから音楽的才能を示し、あるオルガン奏者から作曲の指導も受けていた。こうした二人がたまたま遭遇し、意気投合して、アルマはツェムリンスキーに指導を乞うことになったのである。二人の師弟関係はやがて相思相愛の間柄となった。しかし、おそらくは、ツェムリンスキーの控えめな性格と節度ある愛し方が、アルマの直情的ともいえる気質と齟齬をきたすようになったのだろう。加えて、アルマの母の介入――その一年前には、アルマと画家グスタフ・クリムトとの交際を禁止したばかりだった――も大きく影響して、関係の継続が困難になる。そこに登場したのがマーラーだったのである。最後には、交際期間わずか一か月で成立した、アルマとマーラーの電撃的な婚約とともに、この恋愛は成就することなく終わった。

ツェムリンスキーの落胆ははかり知れなかった。それを如実に物語っているのが、アルマがマーラーと婚約したことを、友人であり義弟でもある作曲家アルノルト・シェーンベルクに伝える手紙である。「最新情報だ。マーラーはアルマ・シンドラーと婚約した。」(4) と書いた後、言葉が続かない。二行半にわたって二五のダッシュ記号があるだけ。嗚咽の涙とも、絶望の叫びとも取れるような符牒がこの時の心理状態をよく表している。

しかし、こうした場合、多くの芸術家は現実の悲惨に埋没することを避けるために、新たな創作に打ち込むものである。ツェムリンスキーは、アンデルセンの童話『人魚姫』に基づく交響詩の作曲を開始した。人魚姫はツェムリンスキー、人間界の王子はアルマに重なる。永遠にあこがれの対象であるべき存在を愛してしまった行為、それに対する罰を甘んじて受け入れる人魚姫は、最後には神に「選ばれたもの」として天上に迎えられるという物語である。彼はこれを作曲することで、失意の底からの復活を願うとともに、自己肯定に努めたのだと理解していい。事実これ以後も、アルマやマーラーと良好な関係を維持することができたのである。

交響詩《人魚姫》は一九〇五年一月にウィーンで初演され、ベルリンやプラハでも演奏された。しかし、ほどなくして作曲者自身が出版契約を破棄してしまう。それ以来楽譜は所在不明となっていたが、一九八〇年代にようやく再発見され、《人魚姫》の音楽はポストモダンの観点から新たな評価を受けることになった。ツェムリンスキーがなぜこの曲を作品目録から外したのか、それに関しては、二つの理由が考えられる。

ひとつは、この曲と同時期に作曲され、同じ演奏会で初演されたシェーンベルクの交響詩《ペレアスとメリザンド》が、ツェムリンスキーの曲に対して斬新さの点で明らかに凌駕しているのが判明したことである。素人作曲家だったシェーンベルクにアカデミックな音楽理論の手ほどきを行ったツェムリンスキーとしては、複雑な心境に陥ったことだろう。彼が《人魚姫》のスコアに関して、以後不開示の決断を下したとしても不思議ではない。ともかく、ここでツェムリンスキーは岐路に立たされた。これ以降の彼は、無調音楽を経て十二音音楽へと突き進むシェーンベルクには追随せず、独自の音楽を生涯かけて探求することになる。

もうひとつ、《人魚姫》の作曲によってアルマ体験を昇華させ、危機を超克することができたかといえば、必ずしもそのようには見えないことである。作品完成の直後、彼はシェーンベルクに宛てた手紙のなかで、「今は何事にも集中できない気分だよ。満足感はないし、何かに手をつけようという気にもならない。（中略）君の楽観主義、君の忍耐力、君のユーモア、君の明朗快活さといったものが僕には欠けているのだ。僕は前とはすっかり変わってしまった。」[5]と打ち明けた。ここでは、自己省察に没入しがちなツェムリンスキーの内省的性格とシェーンベルクの前向きで現実主義的性格とが対比されている。

たしかに、恋を捨てた人魚姫の美しい魂は、童話に内在する道徳的構造――異界へのあこがれが堅固な社会規範、つまり海の世界から地上の世界への越境を許さないシステムによって拒絶され断罪される悲劇――のなかで輝かしいまでに理想化されているのだが、ツェムリンスキーとしては、それがあまりにも美しい自画像になってしまったことに物足りなさを感じたのではないか、と見ることもできる。アルマとの恋愛から生み出される作品は、単に自身を正当化するものであってはならない。『人魚姫』のように、主題を社会システムの問題へと一般化するのではなく、むしろ個と個のあいだの確執に悲劇の要因があると捉えるべきではないか、ということである。アルマから見たツェムリンスキー、ツェムリンスキーから見たアルマ、愛を求める二人の心理的葛藤の再現とそれの分析に成功したときにはじめて、ツェムリンスキーは失意と絶望の底から立ち上がることができる、と思ったのではないだろうか。たとえそれが、人間の心の底に潜む暗黒の深淵を見せつける凄惨な悲劇になったとしても―と、このように考えるのにはそれなりの理由がある。

たとえば、四曲ある弦楽四重奏曲は、生涯にわたる彼の音楽的発展の節目を示す重要なジャンルだが、ツェムリンスキー研究の泰斗、アントニー・ボーモントによれば、そこには作曲者の自伝的背景が明確に刻み込まれているという。[6]第一番（一八九六年）は個人的知己を得たブラームスに対する二五歳の青年の態度表明であり、第二番（一九一五年）には一時的に疎遠となったシェーンベルクとの関係復旧の願いが込められている。第三番（一九二四年）は妹マティルデ（シェーンベルクの最初の妻）の死を、第四番（一九三六年）は自身のよき理解者であり、若い友人であるアルバン・ベルクの死を悼む鎮魂曲と見なすことができるというのである。

すると、舞台芸術としての歌劇の場合は、器楽曲以上に自伝的背景と密接に結びついている可能性があると考えるのは当然のことだろう。ボーモントは、ツェムリンスキーの脳裏にたえず浮かぶ「災いの星」（Unstern）[7]アルマへの想念を断ち切るために取り組んだ一連の作品として、《人魚姫》とそれに続く四つの歌劇、《夢見るゲルゲ》（一九〇六年完成）、《馬子にも衣裳》（初版は一九一〇年完成）、《フィレンツェの悲劇》（一九一六年完成）、そして、「醜い侏儒《こびと》」を主人公とする《侏儒《こびと》》（一九二一年完成）を挙げる。

こうした捉え方をするならば、一見不可解に思われるツェムリンスキーの、あるオペラに関する奇妙な構想を解読できる一点が見えてくるかもしれない。彼は、作曲家であり文筆の能力もある友人フランツ・シュレーカーに「醜い男の悲劇」を主題とする台本の執筆を依頼した。ところがシュレーカーは、台本執筆中に音楽面でのアイデアも浮かんできたために約束を撤回し、自身のオペラとして《烙印を押された人々》を作曲することになった。こうして一度はツェムリンスキーの構想は挫折したのだが、その後知り合った若い作家が、オスカー・ワイルドの童話『王女の誕生日』を原作として、「醜い侏儒」を主人公とする台本『侏儒《こびと》』を書くことになる。ここでやっと、ツェムリンスキーは数年来切望してきた「容姿醜悪な男」を主人公とするオペラの制作に取り掛かることができたのである。それにしても、この「醜さ」へのこだわりは何を意味しているのだろうか。まずは、アルマとの関わりから、この点を見ていくことにしよう。

二 「醜い男」のモチーフ

そもそもツェムリンスキーという名前が今日のように一般に知られるようになったのは、一九七〇年代以降のことである。マーラーの交響曲が復権してブームとなった頃、ナチ・ドイツの時代に抑圧され、排除され、抹殺された音楽が忘却の淵から蘇り、「再発見」された作曲家たちが音楽における進歩史観——すなわち、無調や十二音による音楽を進歩と捉えるシェーンベルク中心主義――の見直しに一役かった。

それ以来、ツェムリンスキーの作品もかなりの程度で知名度が広がった一方で、ツェムリンスキーの人物像といえば、必ずといっていいほど、アルマ・マーラー＝ヴェルフェルの回想記からの引用が幅をきかせていたし、そうした状況は今も変わらないだろう。たとえば回想記のなかの、「この人は、私の知っている男性の中では、もっとも醜い（hässlich）人だったが、その眼の動き一つの中に、またその武骨な動作の中に、知性の力が感じられた。[8]」という文章もそのひとつである。回想記そのものは恣意的な記述も少なくないため全面的に信頼することはできないが、彼女の日記のなかにもそうした表現はしばしば出てくる。

一九〇〇年二月一一日、アルマはツェムリンスキーの第一印象を日記にこう記した。「この人の珍妙さといったら、およそありえない。顎が欠けていて背が低く、異様に突き出た目、それに狂わんばかりの指揮ぶりは、まるでカリカチュアのよう。[9]」ウィーン楽友協会大ホールで、ツェムリンスキーのカンタータ《春の埋葬》が作曲者自身の指揮で初演された日のことである。この時、アルマの頭のなかにはまだ、一年前にクリムトに夢中になっていた頃の余韻が残っていた。その二週間後、初めて言葉を交わした日には、「彼は容貌醜悪で（hässlich）、顎もない（kinnlos）。それでも魅力を感じるなんて、普通のことじゃない。[10]」と書き、ツェムリンスキーの人間性に心惹かれた様子を見せる。それからほぼ半年後、アルマは正式にツェムリンスキーのレッスンを受けることになる。一〇月の日記には、「私は彼を滑稽だとも、醜いとも思わない。なぜなら、彼の眼から知性が輝いているのだから。そういう人が醜いはずはない。[11]」とある。さらに翌一九〇一年になると、彼に婚約者がいることを知りながら、愛する気持ちを募らせていく。やがて二人は恋人同士といってもいい関係になるのだが、感情の爆発を躊躇するかのようなツェムリンスキーに対しては、クリムトのように激しく愛してほしいという正直な気持ちを、アルマは日記に書いている。一〇月には、「もっと深い関係になれたら！わたしはあの人の子供を宿す（?）

のを望んでる。あの人の子供を産みたい（哀れなわたし）。あの人とわたしの血。それが混ざり合ったなら、私からは美貌を、あの人からは聡明さをもらうのよ。」[12]とまで吐露し、ツェムリンスキーの方もやっと関係の進展に期待をかけたその矢先に、マーラーが登場して破局を迎えたことになる。

このように、日記からは、ツェムリンスキーを圧倒するかのようなアルマの強い求愛衝動を読み取ることができるが、ここで問題としたいのはツェムリンスキーの容姿についてのアルマの記述である。この〈醜いユダヤ人〉を愛するのは、その知性や精神性、音楽性において卓越した男性であるからだとしても、身体的な醜さがそうした美質によって覆い隠されているというアルマの認識は変わらない。アルマがあけすけに言い放った人物描写が重要証言と見なされて、ツェムリンスキー受容に大きな影響を与えたことは否めない事実である。もちろん、それはまったくの虚偽というわけではない。兵役検査では身長一五八センチメートルで軍務に不適格と判定されたこともあり、見栄えは良くなかったのだろうとは想像がつく。したがって、美貌を讃えられるアルマと交際しているあいだ、彼が自身の容姿を意識しないというのも考えにくいことである。

それでは、ツェムリンスキーが「醜い男」について言及するとき、そのイメージはどれほど自分自身と結びついていたのか、そして、歌劇のなかの「醜い侏儒」は本当に作曲者自身の自画像となっているのだろうか。これを考える手掛かりを探るために、少し回り道にはなるが、歌劇《侏儒》以前に完成した作品を一瞥しておきたい。

1 《夢見るゲルゲ》と《馬子にも衣裳》

ツェムリンスキーが抱いたであろう《人魚姫》に対する不満についてはすでに触れた。とりわけ内容面において、異界への完全なる越境を断念した人魚姫を理想化することの問題、それは個の主体性を抑圧する社会システムを容認するだけではないのか、という疑念といってもいいだろう。夢を夢のままに、憧憬を憧憬のままにとどめることで美しい自画像を描くことができるかもしれない。しかし、そうした自己憐憫につながるような芸術的処理に満足できなかった、という推測もできる。

というのも、一九〇五年から一九〇六年にかけて作曲された《夢見るゲルゲ》は、理想の世界と理想の女性を求めて共同体から脱出した主人公ゲルゲが、社会の現実と格闘し幻滅を味わいながらも、やがては苦楽をともにすることのできる女性を見出す、という筋書きをもっているからである。ゲルゲは婚約式の当日になって、夢に見た王女を探すため、村を飛び出てゆく。その姿はまさにアルマと親密になった時期のツェムリンスキーを連想させる。伴侶となる女性ゲルトラウトは共同体のなかで放火犯の疑いをかけられ、魔女と陰口をたたかれているものの、実は前の領主の娘という由緒ある家系の出であるという点などは、別人格のアルマとも呼びうる人物像である。また、ボーモントも指摘しているように、義弟シェーンベルクとの関連でいえば、ゲルゲという名前はシェーンベルクの長男ゲオルクを、ゲルトラウトは長女ゲルトルートから採ったのではないかとも考えられ、それによってこの歌劇の自伝的性格がますます浮き彫りになるといった見方もできるだろう(13)。ともかく、疎外や孤独に立ち向かう意思を見せ、不合理な現実との闘いを経て、最後には伴侶とともにふたたび共同体に戻り、自ら進んで社会的役割を担っていこうとする彼の人生行路は、《人魚姫》の受動的なヒロインとは大きな違いを見せることになった。こうしてアルマ体験の精神的傷痕を取り払う過程で、《夢見るゲルゲ》は重要な役割を果たすことになったといえる。

また、別の角度からいえば、《人魚姫》作曲当時、ツェムリンスキーは低俗な大衆的娯楽を提供するカール劇場の運営方針にすっかり嫌気がさしていた。そこに舞い込んだのが、新設の劇場、スタンダードなオペラ・レパートリーを上演するフォルクス・オーパーからの招聘である。一九〇四年にはこの劇場の首席指揮者に就任し、キャリアを一段上る形となった。また、保守的なウィーン楽壇に対する批判的活動の一環として、マーラーを名誉会長に担ぎ出し、シェーンベルクとともに「ウィーン創造的音楽家協会」を立ち上げた。これは、美術界において旧来のアカデミズムからの脱却を目指した「ウィーン分離派」と同様な考えに基づいた、音楽における「分離派」と呼べるものであった。こうした改革活動の指導者として、ツェムリンスキーはウィーン楽壇に近代化を促す重要な位置に立っていたといえる。こうした時期に作曲されたのが《夢見るゲルゲ》だった。

このように、《夢見るゲルゲ》は、《人魚姫》から大きな一歩を踏み出す契機となった作品であり、それには現実生活における芸術家としてのキャリア形成の過程が反映されていた。ところが、この作品にかけていた彼の夢は、予期せぬ出来事によって打ち砕かれてしまう。《夢見るゲルゲ》は一九〇七年一〇月にマーラーの指揮による宮廷歌劇場での初演が予定され、総練習まで順調に準備が進んでいた。しかし、劇場運営をめぐる権力闘争に敗れたマーラーは宮廷歌劇場音楽監督の辞任を決断する。これと同時に、《夢見るゲルゲ》上演の夢は潰えてしまった。それ以来劇場のアーカイヴに人知れず眠っていた楽譜資料が発見されたのは一九七〇年代のことであり、一九八〇年にようやく世界初演が行われたのである。

ところで一九〇七年は、ツェムリンスキーがかつての婚約者メラニー・グットマンの妹、イーダと結婚した年でもある。この時、アルマと別れてから五年が経過していた。九月からは宮廷歌劇場指揮者に就任することが決まって、公私ともに意欲にあふれていたことだろう。しかし、マーラーの辞任で後ろ盾を失い、結局、今度は客演指揮者としてフォルクス・オーパーに戻るしかなかった。その後のツェムリンスキーにはどこか運に見放されたような月日が続く。一九〇八年はなかでも多難な年だった。五月には長女ヨハンナが生まれたが、難聴であることが判明し養育上の試練に遭遇する。夏には、妹マティルデが画家ゲルストルとの不倫の現場を夫シェーンベルクに見つかり、ゲルストルが自殺をするという事件も起こる。これがきっかけとなって、ツェムリンスキーとシェーンベルクの友人関係にも亀裂が入ってしまった。音楽面での違いも次第に表面化してくる。この頃すでに無調音楽の領域に入っていたシェーンベルクに対して、ツェムリンスキーはその理論的重要性を共有しながらも、調性音楽の可能性を極限まで追求することに意義を見出し、それを実践した。ブラームスの構成力、ワーグナーの半音階的和声に加えて、フランス印象主義の微細で色彩的な表現方法やリヒャルト・シュトラウスの官能的な管弦楽法など、新しい書法にも敏感に反応し、それらを自在に駆使する感受能力はまさに彼独自のものである。伝統的ドイツ音楽と近代的な音楽システムとを融和させようとするツェムリンスキーの試みは、一九一〇年から着手された《メーテルランクの詩による歌曲集》で明確な成果を生み、高く評価された。

ちょうどこの時期に作曲された歌劇が《馬子にも衣裳》である。あらすじは以下の通り。——主人公は貧しい仕立て職人シュトラピンスキー。異国風の顔立ちと上品な物腰、おしゃれなマントを羽織った姿は、およそ仕立て屋には見えない。彼は、名前の通りポーランド系シレジア人で、遍歴の末にスイスの町で仕事を見つけたのだが、雇い主が倒産して、無一文のまま新たな職探しに出かけたところである。通りがかりに乗せてもらった馬車の御者がいたずら者で、彼をポーランド貴族だと紹介したことから、シュトラピンスキーは伯爵を詐称するはめになる。逃げ出すことも真実を告白することもできぬまま、ひとめぼれした郡長の娘ネットヒェンと婚約の約束までしてしまう。やがては素性が暴露され人々の怒りを買うものの、娘はシュトラピンスキーの誠実な人間性を信頼して結婚を決意する、という結末になる。

一見すると、シュトラピンスキーの行動は成り行き任せで、彼の意志がいったいどこにあるかが分からない。しかし、偽装を続ける彼が罪悪感に苛まれる一方で、彼に対する歓待を何かの利得につなげたいと意図する小市民的雰囲気が全体を支配している。そうした状況で、シュトラピンスキーとの結婚を望むネットヒェンの役割は重要である。彼女には最終的に、ポーランド貴族という仮象とひとりの仕立て職人という実体をどのように結び合わせて、彼の行動を裁定するのかが問われることになる。もしも、ゴットフリート・ケラーの原作に忠実な初演版のように、素性発覚後、ネットヒェンが心の葛藤を経て周囲との和解のために努力する場面があれば、共同体における個の主体性の問題が前面に出てくるのだろうが、改訂版での簡略化の結果、最終場面では二人の恋人だけを登場させることにより、かえって身分や容姿といった仮象に向かって卑屈な態度をとる小市民の俗物性が一層大きく浮き彫りにされる。つまり、シュトラピンスキーが人々を欺いたという道徳的問題が重要なのではなく、スラブ的憂愁を湛えた表情や伯爵の身分といった外面的要素に依拠する行動規範が槍玉にあげられているわけである。劇中劇（パントマイム）の「馬子にも衣裳」（"Kleider machen Leute"「衣裳が人を作る」）を見てシュトラピンスキーの詐欺的行為をなじった人々は、「人が作った衣裳」を尊ぶ物神崇拝者へと成り下がったといっていい。こう考えると、改訂版には制作者たち独自の視点が取り入れられたことが分かる。そしてこの仮象と実体の関係性が、やがては歌劇《侏儒》の重要なモチーフになることからも、《馬子にも衣裳》の意義についてはもっと注目されていい。

ボーモントは、《馬子にも衣裳》こそツェムリンスキーの音楽的自画像のなかでもっとも完璧に仕上げられた作品だとして、その分析を試みているが、ごく表面的な事柄だけ見るとこうである[14]。たとえば名前に関して、その近似性はいうまでもない。また、ツェムリンスキーの父アドルフは、正式な名前として、貴族の称号を意味する「フォン」を付けていた。軍功によって授けられたとされているが、真偽のほどは定かでない。また、珍しい煙草を勧められて品定めをするシュトラピンスキーにも、愛煙家のツェムリンスキーが重なるという。

内容についての類似点は以下の通りである。放浪の旅に出たシュトラピンスキーは人生の岐路に立っていて、不確実な将来に不安を抱えている。他方、ツェムリンスキーは「新ウィーン楽派」の身近にいながら、彼らとは別の道を歩むかどうか決断の時を迎えているという意味で、やはり十字路にたたずんでいたといえるだろう。シエーンベルクの「盟友」と目されていることがすなわち、「革新」という衣装を纏っているように見えるかもしれない。シュトラピンスキーは自己嫌悪や自己批判の苦悶を克服した末に、良き理解者のネットヒェンを得ることができた。ツェムリンスキーはといえば、「革新」の衣裳を捨てる決意を固めつつある過程で妻イーダという伴侶を見つけることができた。たしかに出来すぎと思われるくらい、類似点が多い。このように、ボーモントの主張にはうなずけるものがある。

2 《フィレンツェの悲劇》

ここまでくれば、少なくとも、以下のことは確認できるだろう。《人魚姫》に対する作曲者自身の不満は、《夢見るゲルゲ》と《馬子にも衣裳》を通しておそらくほとんど解消されたのではないか。すなわち、ゲルゲとシュトラピンスキーが、彼らの主体的行為（シュトラピンスキーでさえ、その自己批判の強さでネットヒェンを引き寄せたのである。）によって、受動的な自己犠牲のヒロインとしての人魚姫に取って代わり、新たな主人公となったのである。また、ゲルトラウトとネットヒェンには、本物のアルマには及びもつかない高次の人間性が付与されることで、アルマの対立像が呈示され、伴侶としての資質に欠けたアルマが否定された、と読み取ることも可能になるだろう。「愛を求める二人の心理的葛藤の再現と分析」に成功した今、「残酷なアルマ」というトラウマはもはや機能を失い、失意のツェムリンスキーはすでに過去のものとなったであろうと想像できる。

では、本題に戻って、「醜さ」へのこだわりは、この段階に至ったツェムリンスキーにとって、どのようなものと捉えられていたのだろうか。ボーモントがいうように、心の傷跡として《侏儒》の制作段階まで持ち越されていたと考えていいのだろうか。

おそらくは、《馬子にも衣裳》が完成するまでの間、「醜さ」という傷跡は潜在意識のなかに残っていたに違いない。しかし、アルマの対立像を提示できるまでになり、「伴侶としてのアルマ」の否定に成功した後、セピア色の恋愛体験はもはや魂に触れることのない無機質の物体のようなものに変化したのではないかと推測することができる。だからこそ今、「醜さ」のモチーフが頭をもたげてきたのである。これは、あえて心理分析学の知見を持ち出すまでもなく、人間に共通のパラドックスであるに違いない。そうすると、ボーモントのように、《侏儒》の場合にも一貫して、傷跡としての「醜さ」の観念が作曲者の心理を支配していた、とまではいえないことになる。このことについては後述するとして、その前に、もうひとつ回り道をして、トラウマ克服のために決定的な一撃となったと解釈することのできる作品、歌劇《フィレンツェの悲劇》に触れないわけにはいかない。

一九一〇年一二月に初演された《馬子にも衣裳》の批評は芳しくなかった。「彼に時代遅れのレッテルを貼って済ませるにはモダンすぎる、とはいえセンセーショナルな事件を引き起こすにはあまりに保守的だった。(15)」という意見が大勢を占めていたとされる。これは現在でも、ツェムリンスキーを批評するさいの常套句だが、このことが十分に吟味されているとはいい難い。ここでは立ち入らないが、彼のいわゆる折衷様式というものについては、今後新たな視点からの再評価が必要となるだろう。

翌一九一一年五月にはマーラーが亡くなった。この頃のツェムリンスキーはシェーンベルクとの関係だけでなく、ウィーン音楽界での地位の低下に危機感を感じるようになっていた。そこで、いくつかの選択肢のなかから、プラハの新ドイツ劇場からのオファーを受けて、新天地での活動に乗り出すことになる。ここでやっと、水を得た魚のように、音楽部門のシェフとして、マーラーさながら劇場改革に努め、古典から現代まで幅広いレパートリーを精力的にこなして高い評価を得ることとなった。作曲に関しても、この時期に――伝統とモダンとが微妙に混じり合った――ツェムリンスキー様式（つまり、折衷様式という言い方でしばしば侮蔑の対象となるのだが）といえるものを確立することになる。彼の代表作《叙情交響曲》（一九二二年完成）ももちろんこの時期の作品である。こうしたまさに脂の乗り切ったツェムリンスキーによって作曲された歌劇が《フィレンツェの悲劇》だった。

台本は、オスカー・ワイルドが一八九五年頃に書いたとされる『フィレンツェの悲劇』のドイツ語訳にほぼ基づいている。——舞台は十六世紀のフィレンツェ。商人シモーネが旅先から帰宅すると、妻ビアンカが見知らぬ男を家に入れている。男はフィレンツェ大公の息子グイード・バルディだということが分かった。シモーネはうすうす二人の仲を察知するが、それとは気づかせぬよう商売の話をする。会話はやがて対立状況を生み、二人は決闘で決着をつけることになる。ビアンカはひたすらシモーネの死を願うものの、シモーネの力が勝り、バルディは絞め殺される。すると予期に反して、ビアンカはシモーネの強さを称え、グイードはビアンカの美しさに見とれながら、彼女に口づけをする。

商売一筋の夫と、愛の冷め始めた妻、そこへ誘惑者が現れるという定式的な三角関係である。シモーネは、妻の情事の現場に足を踏み入れたにもかかわらず、動揺する素振りを見せない。むしろ巧みな弁舌で誘惑者に心理的圧迫をかけて、自身の優位性を誇示する。それは明らかに、単なる性格表現の問題ではなく、貴族と市民の関係の社会史的変化を背景にしていると見ていい。ドラマは次第に十六世紀という時代をはるかに超えて十九世紀の市民社会の出来事のように推移する。しかし最終場面、シモーネに殺される運命と思われたビアンカがシモーネに「あなたがこんなにも強い人だということを、なぜ私におっしゃってくださらなかったの?」[16]といい、シモーネがそれに対して「お前がこんなに美しい女だということを、なぜ私にいってくれなかったのだ。」[17]と応じる瞬間、舞台はワイルドが生きた十九世紀末のイギリスへ、あるいは世紀転換期のウィーンへと大転換する。ここで、新たな〈運命の女〉(ファム・ファタール)としてのビアンカが誕生したのである。その後のビアンカは、おそらくいくつものアヴァンチュールを繰り返すことになるのだろう。

歌劇《フィレンツェの悲劇》は、受け取り方によっては、実生活における醜聞を仄めかしているようにも見える。これにすぐさま反応したのがアルマだった。一九一七年四月のウィーン初演を見たアルマからの抗議の手紙がツェムリンスキーのもとに届いた。その手紙は消失したため正確な内容は不明だが、それに対するツェムリンスキーの返信はアルマの手元に（彼女自身による写しの形で）残っている。それによると、アルマは筋の展開に大きな疑問を投げかけたようだ。ボーモントも指摘しているように[18]、よく見ればシェーンベルク、マティルデ、ゲルストルの三角関係の方が酷似しているのだが、ビアンカの立ち位置はアルマとも共通性をもっている。アルマはマーラーの良き妻であることを何よりも優先してきたとはいえ、音楽の道を断念させられて以来、本来の自分を抑圧するものに対する鬱屈した気持ちは年ごとに高まっていったと見える。一九一〇年の夏、三歳年下のグロピウスとの恋愛事件が起こった。ただ、この時グロピウスはすぐに身を引いたために混乱は避けられた。その後、マーラーはそれまで以上に優しくアルマへの愛情を注いだといわれている。マーラーは翌一九一一年五月に亡くなった。

ツェムリンスキーは返信のなかで、《フィレンツェの悲劇》に関するアルマの無理解を正すために人物像の解説をするのだが、同時にこの作品の価値について自信たっぷりに語っているところに興味を惹かれる。「それでもなお、あなたが私を悪く思っていないことは分かっております。ただ残念なのは、お手紙からは、芸術家として、また人間としての私に対する信頼が少しもないということしか読み取れないのです。もしそうでなければ、迷いなく私の味方になってくれたはずですし、時間をかけてでも私の芸術の何たるかを確信することになったでしょう。[19]」と、人間や芸術への彼女の理解度を疑問視するような口調である。そこからは、これまでもっとも成功した歌劇《フィレンツェの悲劇》によって得た満足感が滲み出てくるようである。模索してきた新しい道、つまりシェーンベルク楽派との対抗軸を見出したと確信したツェムリンスキーの姿が見えるようだ。これから先、彼の眼はひたすら未来の音楽へと向けられてゆくことになるだろう。すると当然、これまでに見てきた作品の制作にあたって、重要な動機となっていたアルマのトラウマは、そろそろその役割を終えたのではないかと想像することはあながち的外れではないように思われる。

それどころか、《フィレンツェの悲劇》作曲中のツェムリンスキーの脳裏を占めていたのは、実は妹マティルデの人生ではなかったか。ゲルストル事件の直後からシェーンベルクは無調の世界へ入り、さらには調性を完全に放棄した十二音音楽理論の考案と実践によって前衛の旗手と見なされるようになる。演奏と教育、そして作曲と、ヨーロッパを駆け巡る生活が始まった。そうしたシェーンベルクの妻の役割はマティルデにとって耐えられるものなのかどうか。ツェムリンスキーの妹を気遣う心情は、シェーンベルク宛の手紙からも十分に読み取ることができる。多くの人々が〈運命の女〉の一つの典型と認めたアルマとは違って、マティルデは〈運命の女〉になることはできなかった。マティルデは一九二四年一〇月に病死するが、それから一年もたたない翌年の八月、シェーンベルクから再婚の知らせが届いた。ツェムリンスキーは、マティルデの思い出を《弦楽四重奏曲第三番》の微細の限りを尽くした音楽のなかに描き出したのである。

かくして、彼女の兄であり同時にシェーンベルクの義兄でもある自身の立場から、マティルデの存在がますます重大な関心事となっていた一方で、かつての「残酷なアルマ」は記憶の深い底へ沈んでいった――あるいは、「無機質の物体」へと変化した――と考えるのは自然なことではないだろうか。そうした時点に到達した時、前述のように、当初は「残酷なアルマ」と結びついてた「醜い男」のモチーフが、作曲家を新たな次元へと引き上げるための契機として立ち現れてくるだろう。

三　「醜い侏儒《こびと》」とは誰？

ツェムリンスキーがシュレーカーに「醜い男の悲劇」の台本を頼んだのは一九一一年頃と推定されている[20]。するとそれは、《馬子にも衣裳》が初演された直後ということになる。従って、この時点ではすでに「残酷なアルマ」というトラウマは機能を失っている、というのが本論の見立てである。シュレーカーへの依頼の経緯に関しては資料不足のために判然としない。しかし、「醜い男」というモチーフそのものは、その当時、決して特異なものではなかった。

感覚的な「美と醜」と倫理的な「善と悪」という二つの対概念を一体化させて、「美・善」と「醜・悪」とを対立させる古典的な価値秩序が支配してきた一方で、「絶対的な美」など現実には存在しえないことから、必然的に価値の逆転はどんな時代でも起こりうるものである。とりわけ、個人の存在が重要視される市民社会では、人間相互の関係が多様になり、それだけ価値秩序も多義的になってくるだろう。単純な例を挙げれば、「醜い容貌に無垢な魂」というような価値判断もその一つであり、シリアスなものからエンターテイメントまで、さまざまなヴァリエーションを見ることができる。十九世紀末は、そのような価値秩序の多義性が顕在化し、芸術家たちもこの問題をめぐる議論に参入していった時代だった。

歌劇の世界ではじめてそうした人物が登場したのはいうまでもなくヴェルディの《リゴレット》である。不具の宮廷道化が主人公になる歌劇はそれまでなかった。この作品の原作となったのはヴィクトル・ユーゴーの『王様はお愉しみ』だが、同じ系譜に属する『ノートルダム・ド・パリ』を原作とした歌劇、フランツ・シュミット作曲の《ノートルダム》が一九一六年にウィーンで初演された。ツェムリンスキーもシュレーカーもこれを見た可能性が高い。また、「悪・醜」の統合概念に即して（もちろん、ヴァーグナーの《ニーベルングの指輪》の侏儒族アルベリヒやミーメもここに入るだろう）、醜い不具者の嫉妬が悲劇をもたらすという内容ではあるが、ガブリエーレ・ダヌンツィオの『フランチェスカ・ダ・リミニ』に基づいたリッカルド・ザンドナイの歌劇が一九一四年にトリノで初演された。

こうした時代、シュレーカーはすでに、《侏儒》の原作であるオスカー・ワイルドの短編『王女の誕生日』に基づいたパントマイムを作曲しており、これは一九〇八年にウィーンで行われた芸術祭、クンストシャウの出し物の一つとなった。これを契機として、「醜い男の悲劇」の構想がツェムリンスキーの頭に兆したことはおそらく確かだろうが、前述のように、結局シュレーカーは約束を果たすことができず、その結果、《フィレンツェの悲劇》を見て作曲家ツェムリンスキーに関心を持った青年ゲオルク・クラーレンが、シュレーカーに代わって台本作家の役割を担うことになる。

1　ワイルドからクラーレンへ

一九〇〇年にウィーンで生まれたクラーレンは、早くから文筆の才能を示していたようである[21]。彼は、女性蔑視と反ユダヤ主義の書物としてベストセラーとなった『性と性格』の著者で精神病理学者のオットー・ヴァイニンガーに共鳴して、一九二四年にはヴァイニンガーの評伝を発表した。そして、このヴァイニンガーの性理論が《侏儒》の台本にも反映されていることを、クラーレン自身が認めている。後年のクラーレンは、映画の脚本家として活躍し、旧東ドイツ時代に、ゲオルク・ビューヒナーの戯曲『ヴォイツェック』を初めて映画化するなど脚本家兼監督としても知られている。

ツェムリンスキーとの協議を経て、クラーレンは最終的にワイルドの『王女の誕生日』を歌劇台本に翻案することにした。台本が完成したのは一九一九年である。この間の経緯をボーモントは詳細に説明しているが、(22)それによると、クラーレンは自身の性理論を効果的にドラマ化するために、あえて主人公をツェムリンスキーに似せたという。その結果、どのようなドラマが生まれたのか。まずは、『王女の誕生日』と《侏儒》の共通点と相違点から見ていくことにしよう。

両者に共通する筋はこうなっている。――スペイン王家の王女の誕生日には国の内外からさまざまな贈り物が届く。そのひとつに、トルコのスルタンから送られた侏儒がいた。侏儒は自分の醜さを知らされないまま育ったため、周囲の人々の笑いはすべて自分の素晴らしい容姿と振る舞いに由来すると錯覚している。王女がそのような侏儒を弄んでいるうちに、侏儒には王女への愛が芽生えるが、鏡に映った自分の姿を見て絶句、侏儒は真実のむごたらしさに打ちのめされて息絶える、というものである。

相違点は以下の通り。ワイルドでは、森の木こりの子として生まれた侏儒は、鳥の囀りを読み取れるほどの自然児である。彼のプリミティヴともいえるような踊りが王女たちを楽しませる。他方、クラーレンでの侏儒は、スペイン人の船に乗せられて十年間海上生活を送った後、売られてトルコに渡り、スルタンの宮廷に召しかかえられ、騎士の位までもらった。そこでは彼の音楽の才能が高く評価され、王女の誕生日でもその歌声で人々を魅了することになる。

重要なのは、王女の年齢が、ワイルドでは一二歳、クラーレンでは一八歳となっていることである。一方はまだ小児の域を出ていない少女であり、宮廷の慣習や儀礼を教えられた通りに学習している段階にある。従って、侏儒に対する態度があたかも玩具に対するそれと見えても、さほど不自然さは感じられない。他方の王女は、すでに少女期を脱している。自分の身分を自覚し、それに相応した振る舞いを身に着けており、もはや王族にふさわしい結婚が取りざたされていい年齢になっている。

ここでまず明らかになるのは、ワイルドの場合は、童話集の一編にふさわしく、自然界と人工的な宮廷との対比のなかで、近代社会の価値秩序にかかわる諸問題がさりげなく俎上に乗せられているといった印象を与えるのに対して、クラーレンの場合はより現実に近い角度からこの問題が捉えられているということだろう。主人公をあえて音楽家に設定したことはたしかに意図的であろうし、ツェムリンスキーの母親がトルコ系ユダヤ人で、カトリックの父親さえも改宗してセファルディーの共同体で働いていたことを考えると、スルタンからの贈り物というアイデアも、侏儒とツェムリンスキーの同一性を明確化するための変更である、とボーモントが見ることに異議はない。

ボーモントはさらに続ける。ツェムリンスキーはその身体的特徴において、アルマから嘲弄されたばかりか、公的なメディアのからかいの対象にもなっていた。従って、《侏儒》の作曲はツェムリンスキーの自虐的性格を喧伝することになるのでやめるのがいい、と友人たちは忠告した。ところがツェムリンスキーはそれに耳を傾けなかった。彼にとっては、音楽だけが心のなかの牢獄から自身を解放してくれるものであり、《侏儒》を作曲することは、「自己破壊から自己浄化にいたる神秘的な儀礼だった。[23]」シューマンの歌曲集《詩人の恋》の表象を借りるなら、「《侏儒》は彼にとって、彼女（＝アルマ）への愛の顛末とそれがもたらした苦悩とを収める棺となった。[24]」と断言するのである。

ボーモントの研究は、ツェムリンスキーやアルマ、その他関係者の未公開書簡などを詳細に調査した実証的側面において、また楽譜校訂の専門的見地からなされる音楽学的解釈においても優れたものであると高く評価されている。にもかかわらず、《侏儒》に見出される自伝的要素が過度に強調されると、その影響が好ましからぬ方向に作用しはしないかと、いささか懸念を抱いてしまう。ともすると、歌劇《侏儒》がツェムリンスキーとアルマの不幸な関係の再現ドラマのようになりかねないからである。それを回避して、作品が内包するより広範で普遍的な問題性を掘り起こすような上演が望ましいことはいうまでもない。

2　アイデンティティーを希求する人々

そうした懸念を抱く研究者のひとりにウルリヒ・ヴィルカーがいる。彼の著書では、社会的背景や文化的潮流のなかで《侏儒》がどのように成立し、どのように評価されたかが幅広い観点から検討されている。(25) たとえば、クラーレンが信奉したヴァイニンガーの性理論——概念としての「男性性」には自我があり、思考と感情を区別する能力や精神性、倫理性があるのに対して、同じく「女性性」には自我がなく感情的で倫理的判断ができず、ただ母親であるか娼婦であるかのいずれかであるというような学説——がクラーレンにどのような影響を与えたかについて述べたうえで、王女とその女友達には娼婦の属性が付与されており、その娼婦性は、彼女たちがヴァーグナーの歌劇《パルジファル》で男性を誘惑する花の乙女たちを想起させることなどからも明瞭だという。他方、侏儒は鏡のなかに自分の姿を見たとき、内なる自我と鏡に映る虚像とのあいだの自己分裂を悲観して命を絶つ。それは同じ理由（劣等感や女性への恐怖、あるいはユダヤ人であることなど）で自殺をしたヴァイニンガーと重なり合う、というのである。この場合はやはり、王女はファム・ファタールの典型というほかないだろう。ここまでは、ボーモントの解釈と軌を一にする。しかし、そのうえでさらに、ファム・ファタールに怯える男性の自己意識をより幅広く捉えようとする観点が提起される。(26)

ヴィルカーによれば、こうしたヴァイニンガーの学説は世紀転換期のウィーン知識人のあいだでかなりの程度共有されていたが、その根底にオーストリア特有の理由があったという。つまり、近代化のプロセスで多民族国家が解体の危機を迎え、個人が立脚すべき社会基盤が失われたため、人々は　自分が自分であることを証明するアイデンティティーを求めてゆく。そこに「ウィーン・モデルネ」と呼ばれる社会的・文化的現象が生じた。フロイトの心理分析も、ヴァイニンガーの性哲学も分裂と解体の危機に直面した個人がアイデンティティーを求める試みのひとつだったと考えられる。それは、旧世代の崩壊しつつある伝統から離れて新時代を切り拓く、革新を模索する営みでもあったとされる。

そこで音楽における「ウィーン・モデルネ」に眼を向けると、ツェムリンスキーの立ち位置がよく分かる。マーラーが常任指揮者として宮廷歌劇場に着任した一八九七年は、ブラームスが六三歳で亡くなった年でもある。ヴァーグナーは一八八三年に世を去っている。一八九〇年代は、両巨匠の影響を受けた作曲家たちが新時代に向けて活動を始めた音楽史上の転換期にあたっていた。そこで中心的な役割を担ったのが、マーラー、リヒャルト・シュトラウスの世代であり、さらにドビュッシーなどフランス印象主義も多大な影響を及ぼした。この時期にウィーン音楽の「モデルネ」が動き始めたとするのが一般的な見方だろう。彼らの活動は超保守的なウィーン楽壇との闘いでもあった。マーラーをリーダーとする運動についてはすでに触れたが、マーラー亡き後は、際立った行動力を備えたシェーンベルクが先頭に立って「モデルネ」を認知させる取り組みを行っていく。

しかし、シェーンベルクの音楽的目標は「モデルネ」の遥か先に置かれていた。西洋音楽の基盤そのものである機能和声では表現できない斬新な音楽表現に強い関心を抱き、新しい音システムの確立のために試行錯誤を重ねていったのである。一九〇四年にはアントン・ヴェーベルンとアルバン・ベルクがシェーンベルクの生徒となり、ここから「新ウィーン楽派」と呼ばれる人脈が出来上がった。ツェムリンスキーは公私ともに彼らと親密な関係にあったが、シェーンベルクが目指す方向、つまり音システムの大転換という構想には懐疑的だった。彼には機能和声を自在に操る自信があったからだろう。まだブラームスの影響下にあった若い頃のピアノ曲や室内楽曲でも、その自由な和声展開から彼の力量は明瞭に聴きとれる。アカデミズムからの断絶ではなく、伝統から革新への自然かつ必然的な移行を良しとする考え方がそこにはあった。ツェムリンスキーに同調する立場にあるのがシュレーカー、エーリヒ・コルンゴルトなどである。亡命先のアメリカで映画音楽に従事するコルンゴルトは別として、彼らは調性をその限界まで機能させることで、新時代の音楽作りを実践したといえる。

一方のシェーンベルクは、前述のように、まるで「ゲルストル事件」を契機とするかのように、無調の世界へ入っていった。これが一九〇八年のことである。この頃から「新ウィーン楽派」は結束を強め、一種の芸術共同体のような組織になり、旧弊はびこる音楽界への挑戦を続けた。そして、今度は妻マティルデが病死する少し前、一九二二年から一九二三年にかけて、シェーンベルクは十二音技法による新たな音楽システムを確立することになる。ツェムリンスキーは、精神的な意味では――ヴェーベルンやベルクに仕事を仲介して生活を助けるなど――常に彼らとともにあろうとしたが、音楽実践の場では距離を置いたために、一般的には「新ウィーン楽派」の周辺に位置しながらも、彼らに後れをとった退嬰的で、凡庸な作曲家と見なされるようになったのである。

ここから全体の構図が見えてくるだろう。ウィーン音楽世界の「モデルネ」はある段階から大きく見て二つの潮流に分岐していったと考えることができる。一九〇八年頃を起点に、「モデルネ」のなかにさらに急進的な「モデルネ」が誕生して勢力を拡大し、その前衛的音楽表現はウィーンを越えてヨーロッパ全体の音楽界に旋風を巻き起こすようになった。いいかたを変えるなら、新しい「前衛的なモデルネ」が急速に注目を集める一方で、従来の「モデルネ」は、「穏健なモデルネ」として、ある意味では守旧派のような立場へ追いやられる可能性があったということである。そして、そうした「穏健なモデルネ」集団のなかのひとりにツェムリンスキーは数えられていたことになる。しかし、ツェムリンスキーにとって、そうした差別化が彼のアイデンティティーの確立に結びついたかどうかはまた別の問題である。「新ウィーン楽派」から付かず離れずの位置取りを保つことはそれほど容易なことではなかっただろう。ここでは、「穏健なモデルネ」の立ち位置をツェムリンスキーがどのように考えていたかが問題となる。

もうひとつ、ヴィルカーの説によれば、《侏儒》の主人公には、ギリシャ神話のナルシスの対立像としての〈アンチ＝ナルシス〉の意味合いがあるのではないかという。[27] ナルシスは川面に映る像を自分が理想とする美の体現と見なして、それと自分との一体化を願う。ちょうどそのように、「ウィーン・モデルネ」の人々、たとえば、シュニッツラーやホーフマンスタールといった文学者たちは、鏡（夢）のなかに理想像を立ち上がらせ、それとの一体性を通してアイデンティティーの回復を試みたとされる。それとは異なり、歌劇のなかの侏儒は、鏡に映る姿への嫌悪から一体性を認識することができない。それゆえ、強く望んでいたアイデンティティーの確認に失敗した侏儒は、結局、自殺によって破滅の道を選択したというものである。

仮に、外界と個人の関係を客体と主体の関係とすれば、主体は自我が潜む内面と客体に接する外面（他者＝客体から見られた主体の像）とから成り立っていると考えられる。内面と外面が一体となって外界との関係を築くことができるのが望ましいわけだが、もし主体が分裂状態に陥ってしまえば、個人のアイデンティティーは失われたことになる。歌手としての侏儒は、自分の芸術的能力が宮廷で高く評価されたと信じていたが、王女という冷徹な審判者の鏡のなかではまったく逆の裁定が下されたのである。内面の像と外面の像との不一致は彼に自己分裂の危機をもたらす。それを克服できないかぎり、存在理由が曖昧なまま魂の抜けた生活を送るしかないだろう。侏儒はここで、アンチ＝ナルシスの運命に直面し、絶望のあまり自殺をするという結果になる。

ところで、ワイルド作品における自然児としての侏儒が、歌劇ではスルタンの宮廷の道化役兼歌手としての侏儒に変更されたことはすなわち、この歌劇を「芸術家をめぐる悲劇」と捉える契機が生じたことでもある。すると当然のことだが、侏儒という形象を与えられた「穏健なモデルネ」ツェムリンスキーは、王女が体現する進歩史観の裁定によってその旧弊さを指弾された作曲家である、というストーリーに読み替えることもできるだろう。劇中の侏儒は、必ずしも自分の実像をまったく予想できなかったわけではなかった。刀剣のきらりと輝く刃先に、かすかな灯りを受けた窓ガラスに、つるつるとした滑らかな大理石の上に、川の水面に（まさにナルシスの同じに）、こちらを意地悪く見つめる醜悪な姿の分身を見ていたのである。これに気づくことができないほど、彼は自己陶酔に浸っていたのであろう。あるいは、王女も何度か侏儒の異様さ――すなわち作曲家の場合なら「旧弊な様式」――を示唆しているにもかかわらず、侏儒はそれを重要なものとは受け取らなかった。主体の分裂状況を自覚できなかったこと、あるいはアイデンティティーの喪失状態を克服できなかったことが悲劇につながったという見方に一定の説得力はある。

「醜さ」とはすなわち、外部世界が自己に突きつける否定的側面であり、その「醜さ」と内面たる自我の一体性を発見し、それを保持しつづける時、アイデンティティーが回復されたということができるのだろう。ツェムリンスキーに引き寄せていうなら、この歌劇は、時代の刹那的審判によって下された「穏健なモデルネ」への否定的判決の全体的構造を明示しているのかも知れない。しかし同時にまた、美的価値秩序の多義性、あるいはその曖昧さという観点に立てば、美と醜の内実は交換可能であって、ある作品が同時代の趣味基準に適っていたとしても、その栄誉が未来永劫変わらず保証されるわけではない。むしろそれと反対のケースが歴史上ままあるということを私たちは知っている。シェーンベルクもまた然り、時代の審判者からその「醜さ」を幾度となく指摘された。ただ、シェーンベルクにはそれを跳ね返すだけの強靭な精神力と類まれな行動力といった、特筆すべき能力が備わっていたのである。

四　おわりに――ギータという存在

《侏儒》のなかでの「穏健なモデルネ」をめぐる全体的構造を考えるとき、ひとつの重要な視点を提供する人物を見落とすことはできない。それは王女に仕える侍女ギータの存在である。彼女はワイルドの原作には登場しない。ワイルドの短編は、すべてが「美と醜」あるいは「自然と文明」といった二分法（価値秩序の逆転も含めて）によって構築された極めてメルヒェン的な世界だった。それ対して、この歌劇では、二分法では割り切ることのできない人間社会の複雑な現実が直視されているといっていいだろう。王女に顕著な自己愛――これをヴァイニンガーは娼婦性の発現と見なすのだが――とは異なり、ギータがもつ人間愛――ヴァイニンガーならば、「女性性」のなかで唯一精神的な愛とつながる母性と呼ぶだろう――は、侏儒への同情と慈愛の限りない深さを通して、観る者の心にその普遍的価値を強く刻みつけるに違いない。

ツェムリンスキーにとっての母性とはおそらく、クラーレンとは違って、性愛が中心に置かれたヴァイニンガー流の「女性性」概念から遠く隔たった、「男性性」の限界を余りなく補うことのできる救済の力を秘めたものだったのではないだろうか。

そう考えると、《侏儒》の世界がさらにツェムリンスキーに近づいてくる。前述のように、ツェムリンスキーはユダヤの家系である。しかも、ウィーンのユダヤ社会のなかで圧倒的多数を占める東欧系アシュケナージではなく、スペイン系セファルディに属していた。つまりそれは、ウィーンにおいては、マイノリティーのなかのさらなるマイノリティーということになり、両者のあいだでは、押し寄せる反ユダヤ主義の大波への態度も微妙に異なっていた。たとえば、アシュケナージのなかから湧き起ってきたシオニズム運動に対して、セファルディが積極的に関与したかどうかは不明である。両者のあいだの懸隔は思いのほか大きかったのかも知れない。

ツェムリンスキーの母クララは、ボスニアのサライェヴォで生まれた[28]。父シェム・トヴ・セモの系譜には、スペイン・ユダヤ人の伝統を生かして印刷や造本に携わる者が多かったといわれる。こうした家庭環境で育ったツェムリンスキーにとって、アルハンブラ宮殿を模して建てられたレオポルトシュタットのシナゴーグは慣れ親しんだ場所だった。もともと作家志望だった父とは違い、クララはセモ譲りの教育的使命感をもって子供たちに接していたとされる。そうした家庭では、社会的・経済的格差を内部に抱えて動揺するアシュケナージ――解決策としてのシオニズム運動はアシュケナージ系ユダヤ人から支持された――とは異なり、かつてのイベリア半島での黄金時代を懐かしむセファルディの高踏的ともいえる文化的雰囲気が支配していただろう。つまりそれは、目前の事象に惑わされずに、伝統にも改革にも敬意を払いつつ、普遍的価値をめざすことが重要視されるような人生観ともいえる。これが母クララを通じてツェムリンスキーのなかにも注ぎ込まれたようだ。ボーモントの言葉を借りるなら、クララを動かしていたのは「セファルディに特徴的な、高慢と紙一重の矜持だった[29]」ということになる。

母から受けついだ「セファルディの矜持」が時代に左右されない普遍性への信頼を確信させ、そのことが《侏儒》におけるギータ像に定着したと考えると、ツェムリンスキーの内なるスペイン・ユダヤ的精神が、時間と空間を越えた悠久の旅の末に、ふたたび舞台上に姿を現したと見ることもできる。そして、「穏健なモデルネ」と「急進的なモデルネ」、どちらに対してもその真実を見極め、恣意的な審判を回避するためには、救済者の視点をも備えた鑑識眼が必要となるだろう。そのことを示唆するギータという人物像は、この歌劇の全体的構造に不可欠の存在であるといえる。

さらにいうなら、ギータ像は私たちに十七世紀スペインの王家を描いた一枚の集団肖像画を思い出させはしないだろうか。それはベラスケスの名画《フェリペ四世の家族》（通称《ラス・メニーナス》）である。その画面では、五歳になった王女マルガリータを中心に国王夫妻、そして王家の使用人たちが親密な家族として登場している。彼らの多くはこの絵を見ている者の方向に視線を注ぐ。視線の先に立っているのが国王夫妻だということは、後ろの壁に掛けられた鏡像からすぐ分かる仕掛けである。左の端には国王夫妻を描くベラスケスの姿。そして右側には一家の愛犬とともに男女二人の侏儒の姿が見える。この二人はともにマルガリータの遊び相手だということだ。家族団欒の様子を描くこの集団肖像画だけではない。ベラスケスは宮廷の慰みものとして活用された侏儒や道化を、人格ある個人として描いた。ある美術史家の言葉を借りれば、あらゆる対象に「存在すること自体の尊厳性を授けること」[30]、さらには「描かれる対象の階級や地位、上下優劣を問わず、存在するがまま等しく受け入れて、等身大の永劫不滅の彼らを画面に定着させること」[31]がベラスケスの信条だったという。そして、それは彼の改宗ユダヤ教徒（コンベルソ）としての出自と関わっていたと推測されている[32]。

ギータの侏儒を見る眼差しには、このようなベラスケスの生き方を想起させるものがある。苦悩と絶望に襲われた侏儒の姿は、異端審問で断罪されるコンベルソと二重写しになるようにも見えるだろう。彼女の振る舞いは、単なる宗教的な意味での慈愛の精神とは別の、「美と醜」や「善と悪」の価値秩序から離れた、存在するあらゆるものが内包する「存在の厳粛性」への信奉の現れといえるかもしれない。ギータ像はなるほどツェムリンスキーとも結びつく。彼はユダヤ共同体から脱会してプロテスタントに改宗した。しかしそれは、マーラーと同様に就職のための便宜的な行動であり、真に宗教的理由からの決断とは思われない。彼はむしろフリーメーソンの会員として精神的な意味での社会参加を実践したようである。その行動様式は、音楽だけではなく、社会改革にも熱心に取り組んだシェーンベルクの「急進的なモデルネ」のそれとは著しい対照をなしている。こうしたことからも、人間の尊厳に注がれたギータの眼差しはおそらく、ツェムリンスキーの眼差しでもあるだろう。

このように考えることによって、歌劇《侏儒》の世界が現実のツェムリンスキーの境遇にますます近接してきた。しかし、それにもかかわらず、《侏儒》はツェムリンスキーの自画像である、と無条件に断言することはできない。たしかに彼は、作曲することを通して「残酷なアルマ」のトラウマからの解放を願ったし、その過程を私たちは眺めてきた。そして歌劇《侏儒》ではそれまでになく作曲者自身の生活環境を想起させる要素が前面に出てきた。しかし、それが必ずしも作曲家の自画像にはならなかった、というのが芸術のパラドックスなのだ。細微な事実関係で構築されているからこそ、事実を忘れさせるような普遍的な世界像がそこに立ち現れるのである。《侏儒》のなかで、「醜さ」は「異質さ」を内包した象徴的概念へと変容する。この歌劇を受容するには、このような、むしろ「価値秩序の普遍妥当性」といったより広範な問題の方が重要となるだろう。

歌劇《侏儒》がツェムリンスキーの文字通りの自画像ではないということが明らかとなった今、「醜い侏儒」とは誰かと問われたなら、さしあたりは、時代の変転によって分裂させられた自己を抱え、アイデンティティーの回復のために試行錯誤している人間である、と答えておこう。ただひとつ、「醜い侏儒」を見つめるギータやベラスケスの視線が、この歌劇のなかで鍵になっていることは強調されていいだろう。実際、筆者には、「セファルディの矜持」がツェムリンスキーの生涯と作品すべてを貫いていたように思えるからである。

（1） Carl E. Schorske : Fin-de-siècle Vienna : Politics and Culture. New York, Vintage Books, 1981, S. 342.（カール・E・ショースキー『世紀末ウィーン―政治と文化』安井琢磨訳、岩波書店、一九八三年、四二七―四二八頁）なお、この要約部分は邦訳書の訳文に依拠している。
（2） Ebd.（邦訳書、四二八頁）
（3） ツェムリンスキーの生涯と作品に関しては、アントニー・ボーモントによる評伝が現時点でもっとも充実している。

本論の執筆に際してもボーモントの研究成果に多くを負っている。Antony Beaumont: Alexander Zemlinsky. (Aus dem Englischen von Dorothea Brinkmann), Wien, 2005. なお、原書英語版は同じタイトルで2000年にロンドンの Faber and Faber 社から出版された。

（4） Brief an Schönberg, 28. 12. 1901. In: Alexander Zemlinsky, Briefwechsel mit Arnold Schönberg, Anton Webern, Alban Berg und Franz Schreker, hrsg. von Horst Weber, Darmstadt, 1995, (=A.Z.-Br.) S.4.

（5） Brief an Schönberg, 31. 3. 1903, A.Z.-Br., S. 41.

（6） Antony Beaumont: Zemlinsky: Kammermusik für Streicher. (Liner notes) In: Alexander Zemlinsky: Chamber music for Strings by Schönberg Quartet. (Audio CD)Chandos Records, 2002.

（7） Antony Beaumont: Zemlinsky, „Der Zwerg“ und der Tod. (Liner notes) In: Alexander Zemlinsky,: Der Zwerg. James Conlon (Dirigent) (Audio CD) EMI classics, 1996, S. 1-2.

（8） アルマ・マーラー『グスタフ・マーラー　愛と苦悩の回想』石井宏訳、中公文庫、一九九八年、一三ページ。この回想記が出版された当時（初版は一九四〇年）、アルマは、マーラー、グロピウスに次いで三番目の夫となる詩人で作家のフランツ・ヴェルフェルと結婚していた。

（9） Alma Mahler-Werfel: Tagebuch-Suiten 1898-1902, hrsg. von Antony Beaumont und Susanne Rode-Breymann, Frankfurt am Main, 2011, S. 451.

（10） Ebd., S. 463.

（11） Ebd., S. 569.

（12） Ebd., S. 714.

（13） Antony Beaumont; Alexander Zemlinsky, a.a.O., S. 229.

（14） Ebd., S. 259.

（15） Ebd., S. 268.

（16） Alexander Zemlinsky: Eine florentinische Tragödie, Oper in einem Aufzug op. 16. (Neuausgabe von Antony Beaumont), Wien, 2011. S. 253–254.

(17) Ebd., S. 255–256.

(18) Antony Beaumont：Alexander Zemlinsky, a.a.O., S. 353.

(19) Brief an Alma Mahler, Mai 1917, A.Z.-Br., S. 342.

(20) Christopher Hailey：Franz Schreker (1878–1934). Eine kulturhistorische Biographie. (Aus dem Englischen übersetzt von Caroline Schneider-Kliemt und Volkmar Putz), Wien/Köln/Weimar, 2018. S. 101.

(21) Antony Beaumont：Alexander Zemlinsky, a.a.O., S. 372.

(22) Ebd., S. 372–375, S. 428 ff.

(23) Antony Beaumont：Alexander Zemlinsky, a.a.O., S. 441.

(24) Antony Beaumont：Alexander Zemlinsky, a.a.O., S. 433.

(25) Ulrich Wilker：„Das Schönste ist scheußlich" –Alexander Zemlinskys Operneinakter Der Zwerg. Wien/Köln/Weimar, 2013.

(26) Ebd., S. 44–76.

(27) Ebd., S. 77–97.

(28) Antony Beaumont：Alexander Zemlinsky, a.a.O., S. 21–32.

(29) Ebd., S. 38.

(30) 大高保二郎『ベラスケス　宮廷のなかの革命者』、岩波新書、Ⅳ頁。

(31) 前掲書。同所。

(32) 大高保二郎「封印された野望―ベラスケス　平民から貴族へ」（『西洋美術研究』No. 4、三元社、二〇〇〇年、四五―六五頁）。

現代オペラ演出における文化的参照の問題
――クリストフ・ロイ演出《影のない女》(二〇一一年)について

新田孝行

一　はじめに――「読み換え」をめぐって

今日上演されるオペラのうち、おそらく九割以上は一七世紀から二十世紀前半に書かれた過去の作品であり、演出家が原作に指定された時代や場所、人物の造形、物語の展開や結末を変更することが一般化している。そのような傾向は日本では「読み換え(読み替え)」と呼ばれるが、これはよく考えれば興味深い表現である。

例えば、欧米では新演出を評する際、「再解釈」や「再読」のような言葉――英語で言えばreinterpretationとrereading――が使われることがあるが、これらは読み換えとは微妙に意味が異なる。再解釈や再読には、それまでとは異なる視点から作品を読み直すことで新たな面を引き出すといったニュアンスがあるが、「読み換え」にそうした深い意味合いはない。それはむしろ、オリジナルの設定を変えたという即物的で表面的な事実以上を示唆しない。実際、「読み換え」を英語に訳そうとすると意外に戸惑ってしまう。

もう一つ興味深いのは、「読み換え」という日本語が専らオペラの演出について使われていることである。古典的な戯曲の新演出を「読み換え演出」とはあえて言わないだろう。小説や漫画を原作とする映画についても「読み換え」という言い方はされない。もっとも、日本のオペラ観客が演出家の意図を忖度せず原作との違いをうわべだけで理解している、などと主張したいのではない。「読み換え」という語は、ある意味で現代のオペラ演出の本質を言い表している。どういうことか。

二　現代オペラ演出と文化的参照

1 「文化的参照」

「読み換え」は演出家による再解釈や再読ではないが、演出家が観客との間の共通前提——後述するように、これが成立しているかどうかが実は問題なのだが——を踏まえて文化的な参照を行うことである。「文化的参照(cultural references)」は、ある特定の文化に関連した諸々の事柄や人物を参照することである。例えば、ギリシャ悲劇に基づくオペラに登場する王女をダイアナ妃と「読み換え」、原作の王女役の女性歌手をダイアナ妃に似せた容姿にしたり、ダイアナ妃に関する伝記的事実やゴシップめいた物語を舞台上で視覚的に喚起する演出があったとしよう。この場合、演出家はダイアナ妃にまつわる文化的参照を行った、ということになる。

こうした種類の文化的参照は現代のオペラ演出ではありふれたものだが、それは果たして演出家の解釈と言えるだろうか。演出において参照された表面的で即物的な事実、いわば「ネタ」を介して、オペラの台本が語る文字通りの物語に対し比喩的な物語が付け加えられ、一種の寓話性が生じる。これを通じて語ろうとするメッセージを含め、この寓話性こそ解釈と考えるべきだろう。少なくとも、文化的参照が解釈の一部にすぎないことは明らかなように思われる。

しかしながら、現代のオペラ演出をめぐって一番の話題となるのが文化的参照であることもまた確かである。先程の例で言えば、公演の後、観客は「あれ、ダイアナ妃のことだよね」と言い、批評家は「現代の英国王室のスキャンダルに読み換えた」と書くだろう。もう少し具体的な例を挙げる。歴史上画期的な名演出として知られるパトリス・シェロー演出《ニーベルングの指環》（バイロイト音楽祭、一九七六年初演）について、批評家バリー・ミリントンは次のように述べている。

舞台は産業社会に設定され、自由に流れるライン川の代わりに水力発電ダムが据えられ、ときには二十世紀の衣装や小道具も伴って、ヴァーグナー時代と現代との連続が示唆される。シェローの演出は、純然たる演劇性を発揮した点でも革新的であった。場面に次ぐ場面は強烈なイメージの連続として記憶に焼き付けられ、それは以後の演出にも影響こそすれ、凌駕されることはまれである。(1)

ミリントンはまず、シェローの演出が「産業社会」や「水力発電ダム」、「二十世紀の衣装や小道具」を参照することによって『指環』を読み換えたことに触れ、続いてこの名演出家の仕事ぶりを賞賛する。「純然たる演劇性を発揮した点でも革新的であった」（強調は筆者）と述べられていることに注意しよう。どう演出したかという演劇の美的な質よりも、何に読み換えたかという文化的参照の話が優先するのである。

演出家の側も文化的参照が演出の「売り」になることをよく承知している。公演前に演出家自身がインタヴューで設定の変更やそれに基づく様々な文化的参照について得々と語っているケースはよくある。とりわけドイツ語圏では演出全体の方向性を決める枠組みを「コンセプト」と呼ぶ（新演出公演に向けた練習の初日には、演出家が全スタッフの前でコンセプトを説明する）。これに基づいて原作が読み換えられ、何を具体的に参照するかが決定されるのである。

2　文化的参照からの再創造、あるいは二次創作

オペラ演出において文化的参照が果たす役割は、この芸術独特の美学との関連から説明できる。美学者の佐々木健一は『演出の時代』と題された著作のなかで、ジョナサン・ミラー演出の《トスカ》を観た体験について記している。佐々木によれば、見事な舞台だったという「その演出の妙味はただ一点、時代と場所を一九四四年の、ムッソリーニのファシストが支配するローマに置いたことにある」。それによって「かなり悪趣味なメロドラマは、リアルな問題劇へと一変し、この作品に期待したことのないような緊張感が生まれてきた」と佐々木は語る(2)。

《トスカ》の原作はヴィクトリアン・サルドゥの戯曲である。もしこの戯曲にミラーの演出を適用しても違和感を残しただろうと佐々木は述べ、続けて次のように言う。「ところが、オペラの場合には、その心配がない。何故なのだろうか。おそらくは、音楽化されることによって言葉が変貌している、ということが大きな理由であろう。すなわちその言葉は、現実の生活を構成し、したがってその現実性が染み込んでいるものであることをやめ、いわば現実感の抜け落ちた、その意味で観念的な表現媒体に変わっているのである」(3)。

つまり、オペラは「始めから、せりふのやりとりの写実性、つまり『真実らしさ』とは無縁である」(4)がゆえに、台本上の設定や台詞の文字通りの意味を裏切ってもあまり違和感がない。演出家は原作の設定を読み換えるだけで大胆かつ説得力豊かな効果を生み出すことができる。オペラという芸術の根底を成す「アンチ真実らしさ」の美学が、自由な現代的演出を可能にする（と同時に、最も慣習的な演出、例えば、役柄のイメージに必ずしもふさわしくない歌手が演じるという、演劇や映画ならありえない、オペラならではのお約束も許してきた）。

原作の設定を何に読み換えるかは解釈以前、あるいは解釈を効果的に伝えるための選択の問題である。ミラーは演出のコンセプトとして時代と場所をファシズム時代のイタリアに置き換える案を着想し、そこから個々の場面に応じて演出上の細部を作り出す文化的参照を考えていったはずである。これは現代オペラ演出一般に当てはまる制作の第一段階と言える。その際に、とりわけドイツ語圏では、演出家はドラマトゥルクとともに様々な戦略を練ることになる。(5)

いずれにせよジョナサン・ミラーの演出はおそらく佐々木に、《トスカ》があたかも初めからファシズム時代のイタリアを舞台にしていたかのような錯覚を与えた。この錯覚は成功したオペラ演出がしばしば生み出すものである。百年以上前に作曲されたオペラがその場で新しく生まれ変わる。そのような演出は原作を再解釈したというより再創造したと言えるだろう。この点はまた、作品受容の一つのあり方としてのみ演出を考える限界も示している。演出は原作の解釈として正しいかどうかで判断されるべきでなく、いわゆる二次創作として検討されるべきである。この点については最後にもう一度触れることにしよう。

3 「適合」のための文化的参照

「真実らしさ」を否定する美学を活用することでオペラ演出家は観客に変更された設定を受け容れさせ、諸々の文化的参照を通して作品世界を再構成する。それは当然観客の間に否定的な反応を引き起こすこともある。佐々木が絶賛するミラー演出《トスカ》も、すべての観客から支持されたわけでは必ずしもないだろう。

現代オペラ演出を忌み嫌うのは、むしろオペラ好きの大多数かもしれない。その保守性は演劇の観客と比べた時、顕著となる。例えば、演劇学者クリストファー・ボームは次のように述べる。

あらゆる演劇の形式のなかでオペラにおいてほど「作品」が神聖なものと考えられ、変更や翻案が疑いや一方的な拒絶に遭遇することはないだろう。モンテヴェルディからヘンデル、モーツァルトからヴァーグナーに到るまで、偉大なオペラ作曲家たちは、その一つ一つの音符が聖書の文字に似た地位を享受すべき天才たちだと考えられている。オペラ・ゴーアーは一般に極めて有能な観客であり、たいていの場合お気に入りの作品を多くのヴァージョンで観たり、それ以上に多くの種類の録音を聴いたりしている。それゆえ演出チームの仕事などなくたってよいのだ。シェークスピアの戯曲ならカットしたり、翻案したりするのさえ不自然ではないのに、オペラ制作の場合、そのような行為は著しく議論を呼ぶものになる（もちろん、それは楽譜がある以上ずっとはるかに困難なわけだが[6]）。

オペラの観客は文字通り保守的である。彼らは作曲家が残した楽譜をそのまま保ち、守ることに極めて熱心なのだ。彼らにとって芸術家とは誰よりもまず作曲家であり、その次が、作曲家の意図を忠実に再現してくれる、専門的な訓練を積んだ歌手や指揮者である。一方で演出家は、尊敬すべきアーティストというより作品本来の姿をゆがめる邪魔者でしかない。

こういった事情を別な角度から検討してみよう。一九八〇年に出版された『演劇の記号論』でキア・イーラムは、観客が「テクスト」――オペラに当てはめれば台本と楽譜――について有する「期待の地平」（ヤウス）を修正するものとして上演を位置づけている。

> 観客の経験値にもとづく演劇の枠組みの把握、テクスト、テクストの法則および約束事についての知識は、観客の一般的な文化的素養や、批評家、友人などの影響とともに、受容美学において期待の地平として知られているもの（中略）を作り上げ、それによって上演が作り出す美的距離――その革新によって、今後の期待を修正する――が測定される[7]。

この図式にしたがえば、演出家とは観客の「期待の地平」を書き換える存在であり、批評家は演出家の意図を察知しこれを広く理解させる役割を担う。これはストレート・プレイでは常識だが、オペラでは決してそうではない。その多くの観客が求めているのはむしろ、自らが作品に抱いていた「期待の地平」が上演の体験を経ても変わらないことかもしれない。

こうしたオペラ観客の保守性については様々な説明が可能だろうが、ここでは再び佐々木健一の議論を紹介しよう。佐々木によれば、近代的な意味での演出、すなわち作品の主観的な解釈としての演出という概念が登場する以前の、十八世紀前半までのフランスの演劇美学は、「表現する層が透明となり、鑑賞者がストレートに作品世界のなかに没入できる」ことへの要求によって特徴づけられる。(8) そこで試みられたのがギリシャ古典劇の翻案だった。それは、ギリシャ悲劇の極端な表現——例えばグロテスクな暴力——を避けつつ、物語を自分たちの時代の思想や感性に合わせる「適合（bienséance）」の営為である。

現代のオペラ観客の保守性は、この時代のフランスにおける演劇の観客の嗜好に通じる。彼らも古典の解釈ではなく、翻案こそを期待しているのだ。オペラ観客にとって大胆な演出は、偉大な作曲家が創り出した音楽世界に浸るのを妨げるものでしかない。ただ、古代ローマの王様や十八世紀の貴族の物語をそのまま舞台にかけるのは、今となってはさすがに古色蒼然で、忠実かもしれないがかえって違和感を伴う。したがって、馴染みのある現代や近過去の話として語り直す程度の読み換えが好まれる。演出の良し悪しは、独創性や斬新さではなく、適切かどうかにかかっている。現代的な感性を逆撫でするのではなく、それへの適合を目的とする文化的参照が求められるのである。

4　オーセンティシティと文化的参照

現代オペラ演出の読み換えで多いのは、時代を作曲と同時期に移すものだ。例えば、《薔薇の騎士》をマリア・テレジア治世下のウィーンではなく一九一〇年代初頭のウィーンに変更する、といった具合である。これには今述べたような、より近い過去に時代を設定することで観客が作品世界に入り込みやすくさせる他に、作品と同時代の歴史的文脈を参照することで演出に一種のオーセンティシティを与えるという利点もある。

それはオペラ的テクストのサブテクストを可視化することでもある。この点について、オックスフォード大学出版の『オペラ・ハンドブック』で「レジーテアター／演出家の演劇」の項目を執筆したウルリッヒ・ミュラーは次のように述べている。

> 現代のレジーテアターを包括する概念は「サブテクスト」の原則によって説明できる。「サブテクスト」とは、明白なテクストの表面の裏にある、一つあるいは複数の並行するテクストやメッセージのことである。話したり書いたりするとき、その言葉の「表面の裏」には常に含意やほのめかしがある。これらサブテクストはかなり主観的かつ個人的なもので、何がサブテクストかもその人の見方によって異なる。レジーテアターの一つの重要な側面は、あるオペラについて感じられたり推測されたりするサブテクストを視覚化する意図にある。サブテクストの極めて主観的な性格は、観客の間で反応がしばしば大きく異なる理由の説明ともなる。正しいか間違っているかではなく、同意できるかできないかなのだ。(9)

「レジーテアター」とは一九七〇年代にドイツ語圏の演劇界で始まり、八〇年代以降現在までオペラ界で顕著に見られる、演出家の個性的な解釈を前面に打ち出した演出のあり方を指す。それは、現代的演出の別称として英語圏でも、しばしば軽蔑的な意味合いで使われ始め、研究者の間でも話題に上るようになった。

ミュラーはレジーテアターをオペラのサブテクスト、すなわちオペラの文字テクスト（台本と楽譜）に対するサブテクストの視覚化と定義している。ではサブテクストとは具体的に何か。そこに問題がある。ミュラーも述べるように、サブテクストは主観的であり、人によってサブテクストと見なすものは異なる。言ってみれば、演出家がこれはサブテクストと言えば、それはサブテクストなのだ。

しかしそれでも正統的、すなわちオーセンティックと目されるサブテクストはある。それは、オペラの成立や受容史に関わるサブテクストである。実際こうした作品が生まれ、受容されていく歴史への言及を前面に押し出す演出が二〇一〇年前後から、ドイツ語圏で増えている。いわば「歴史的な情報に基づく historically informed」オペラ演出である。

その契機となったのは、二〇〇九年バイロイト音楽祭で初演され、高い評価を得たステファン・ヘアハイム演出の《パルジファル》である。ヘアハイムの演出は聖なる愚者の成長譚をヴァーグナー家やバイロイト音楽祭、さらにはドイツという国家の歴史として展開したものだが、これ以降バイロイトで初演された新演出、バリー・コスキー演出《ニュルンベルクのマイスタージンガー》（二〇一七年）やトビアス・クラッツァー演出《タンホイザー》（二〇一九年）にも同種の参照が指摘できる。本稿の後半で取り上げるクリストフ・ロイ演出《影のない女》もこの傾向に属する。これらの演出は、作品と同時にそれに関する裏話的ドキュメンタリーを見させられているかのような印象を観客に与える。歴史的な文脈が自己言及的に参照されることで、演出にオーセンティシティが付与されることになるのだ。[10]

三　クリストフ・ロイ演出《影のない女》について

以上、現代オペラ演出において文化的参照がもつ役割を述べた。演出家はオペラ的「アンチ真実らしさ」に依拠し文化的参照を通して作品を再創造する。保守的な観客は今となっては古すぎる設定を自分たちの価値観に「適合」させる、ほどよい読み換えに基づいた文化的参照を期待する。作品の成立と受容に直接関係するサブテクストの参照は、演出にオーセンティックな真実味を与える。

本稿では以下、具体的な公演を例に、現代オペラ演出における文化的参照の分類を試みる。まず、取り上げるクリストフ・ロイ演出《影のない女》の公演の概要と、それに対する批評的受容を紹介することから始めよう。

1　ザルツブルク音楽祭と《影のない女》

二〇一一年七月二九日にオーストリア・ザルツブルクの祝祭大劇場で初演されたクリストフ・ロイ演出によるリヒャルト・シュトラウス作曲《影のない女》は、この年のザルツブルク音楽祭の目玉公演だった。日本語でザルツブルク音楽祭と通称される Salzburger Festspiele は、演劇も含めた芸術フェスティヴァルであり、《影のない女》の台本作者フーゴー・フォン・ホーフマンスタールは一九二〇年のその発足に携わった人物である。

一九一九年一〇月にウィーンで初演された《影のない女》はシュトラウスとホーフマンスタールのコンビによる最も大規模なオペラ作品である。古今東西の文学を参照したホーフマンスタールの台本は数々の謎めいた象徴に満ち溢れた複雑で難解な御伽噺、それに対してシュトラウスは大編成のオーケストラによる官能的な音楽で応えた。二人の共同作業から誕生した諸々のオペラ作品は、ザルツブルク音楽祭の長い歴史において常に看板演目であり、一九九二年にゲオルク・ショルティが指揮したゲッツ・フリードリヒのプロダクション以来約二〇年ぶりとなるティーレマンとロイのコンビによる《影のない女》新演出には、音楽祭開幕前から大きな期待が寄せられていた。

2 演出家クリストフ・ロイと指揮者クリスティアン・ティーレマン

演出家クリストフ・ロイ（Christof Loy、1961〜）はドイツ語圏を中心にヨーロッパの主要な劇場で活躍するスター演出家である。その演出スタイルはしばしばミニマリズムと呼ばれる。北欧の文化芸術を参照しつつ、シンプルで清潔な美術装置ときめ細かい演技指導によって登場人物の心理を浮き彫りにする手腕は高く評価されている。ドイツのオペラ雑誌『オペルンヴェルト』はロイを年間最優秀演出家としてすでに三度（二〇〇三年、二〇〇四年、二〇〇八年）選出している。

しかし、この公演で演出のロイ以上に注目されたのは、ウィーン・フィルハーモニー管弦楽団を指揮したクリスティアン・ティーレマン（Christian Thielemann、1959〜）である。ヴァーグナーやシュトラウスといった後期ロマン派のドイツ音楽の解釈においては随一とされる指揮者であり、往年の巨匠たちを彷彿とさせる演奏スタイルは、必ずしも現代的ではないがゆえになおさら貴重であり、多くの聴衆から熱狂的な支持を獲得している。

クラシック・ファンの間では常識だろうが、ティーレマンは前衛的な演出家と仕事することに意欲を示すタイプではなく、オペラの主導権はあくまで指揮者が握るべきという考えの持ち主である。批評家で、リヒャルト・シュトラウスの専門家でもある広瀬大介は、二〇一一年ザルツブルク音楽祭における《影のない女》について、ティーレマンの意向により慣例的に施されてきたカットを排したノーカット上演になったことを強調し、そのことが「この演出の成立に大きく関わっているのではなかろうか」と推測しつつ、「演出家主導の昨今のオペラシーンではあるが、ここでは指揮者がその主導権を取り返しているように見える」と述べている[11]。

ロイとティーレマンが組むのは今回の演出が初めてだった。ティーレマンはインタヴューでロイの仕事ぶりを賞賛しつつ、次のように述べている。「舞台上では何も不快なことが起こらないと安心できます。あなたにもうちょっとアドヴァイスがあるのですが、ロイの書いた素晴らしい作品解説を取り寄せてみてください。すべてを理解することは絶対にできないでしょう。私たちもすべては理解していないのです[12]」。つまり、演出についてはよくわからないが、とりあえず「不快」にさせるようなものではないから「安心」だ、というわけである。こうした発言に指揮者が主導権を握っていることを読み取る向きもあろう。

ところで、ティーレマンの言う「不快なこと」とは何だろうか。彼は以前、演出に抗議して指揮を降板したことがある。それはパリ・オペラ座におけるリヒャルト・シュトラウス《カプリッチョ》の新演出公演（二〇〇四年）で、彼にとってはこの由緒ある劇場でのデビューになるはずだった。ティーレマンはロバート・カーセンの演出がナチスの軍服姿の男性を舞台に登場させたことに憤慨し、初日の直前にパリを去った。彼が最も得意とするヴァーグナーやシュトラウスはナチスとの歴史的因縁もあるが、ティーレマンは音楽とは関係がないと言って、そうしたナチスがらみの政治的な参照を含む演出のあり方に否定的な態度を取っている。

こうしたティーレマンの人物像は、上演前から観客の間で多かれ少なかれ共有されているものであり、演出家と指揮者の力関係に関する広瀬の見解もそれを踏まえたものと言えるだろう。一方筆者は、ロイがこの指揮者のキャラクターを演出に組み込んだのではないかと考えている。以下に述べるように、舞台では実は「不快なこと」が起こっており、ティーレマンはそれに気づかない人という役を知らず知らずのうちに演じさせられていると見ることができるからである。その限りにおいて主導権は演出家にあったとも言える。

3　批評的受容

ロイにとっては分が悪いことに、この公演は音楽面、特にティーレマンの指揮は絶賛されたものの、演出面は酷評された。有力紙の新聞評を紹介しよう。「壊滅的」という見出しで始まるウィーンの『クーリエ』の記事は、音楽に関しては5点満点中の5点、それに対し演出は1点。「作品に取り組み、それを解釈する演出は、伝統的なやり方だろうと新しいやり方だろうと、自ずから説明がつくようなものでなければならない。この前提を拒否するならば、演出家にはその作品を演出などしないでいただきたい」とゲルト・コレンチュニックは主張する。[13]同じウィーンの『ディ・プレッセ』の名物批評家ヴィルヘルム・シンコヴィッツも、「演出家クリストフ・ロイは《影のない女》を演出しようなどとほとんど全く考えなかった」と、演出に関しては保守的なこの評論家の決まり文句で非難する。[14]ベルリンの『ディ・ヴェルト』のマニュエル・ブルックは、現代のオペラ演出家に関する著作もある批評家だが、そんな彼らしく、ロイの従来の還元主義的でミニマリズム的な作風との違いを指摘しつつも、「舞台上の出来事について何もわからない」と戸惑っている。[15]

英語圏の評価はどうか。英国『テレグラフ』のルパート・クリティアンセンはロイを高く評価してきた評論家の一人で、《影のない女》に関しても5点満点中4点と星取りだけを見れば好意的だが、それでも「プログラムにあるロイの曖昧な説明を読んでも、彼が到達しようとしたり判断しようとしたりしていることを完全に理解することはできなかった」とし、「彼もできていない」と皮肉っぽく付け加える。[16]『ニューヨーク・タイムズ』のアラン・ルーミスは、ロイは「混乱させる象徴主義と込み入った人物たちで溢れた、この後期ロマン主義の輝かしくも難解な作品例を、どうやって意義深く扱ったらよいかわからなかった」と推測的に述べる。[17]

総じて、酷評の理由は二つに分けられる。読み換えが効果的でない、そして、読み換えが語る物語が単に理解できない、という二点である。現代オペラ演出への批判としては一般的なものに属する。無意味だ、あるいは意味そのものがわからない。こうした初歩的な反発を招いたロイの演出は、確かに成功したとはとても言えないが、それに対するネガティヴな反応も含めて、現代オペラ演出における文化的参照を考えるうえで興味深いケースとなっている。

4 《影のない女》のあらすじと演出のポイント

ここで《影のない女》のあらすじをごく簡単に説明しておこう。二組のカップルがいる。まず、人間界の皇帝と、霊界の王の娘である皇后のカップル。皇后には影がない。影を獲得しなければ、皇帝は石になってしまう。皇后は乳母と共に人間界に降り、もう一組のカップル、すなわち染物屋のバラクとその妻に取り入り、妻を財宝や若い男の幻で誘惑し彼女から影を譲り受けようとするが、最終的には罪の意識に耐えかねた皇后がこれを拒否。すると彼女の身体に影が宿り、完全に石になりかけた皇帝も元の姿に戻る。

詳しい作品解説の余裕はないが、《影のない女》の最近の演出をめぐってよく問題にされてきたポイントを二つだけ指摘しておきたい。まず、「影」。これは女性が子どもを産む能力のメタファーと解されることが多く（もちろん異論はあろうが）、その場合、《影のない女》のストーリーは、女性ならばすべからく子どもを産むべき責任があるというイデオロギーを内に含む。第一次世界大戦前後のヨーロッパという歴史的文脈は無視できないとしても、今これを演出するに際し、その反動的とも言えるイデオロギーに現代の演出家は何らかの反応をすべきという見方が、特に演出に対して意識の高い観客や批評家の間にはある。ロイの演出はこうしたフェミニズム的社会批判への期待をあえて外している。

もう一つ、die Ungeborene、すなわち、「生まれざる者たち」について。児童合唱で歌われる彼らは、本来なら女性が産むべき、しかし、女性が望まないがゆえにまだこの世に生まれることができない子どもたちを指す。

子どもはこのオペラにとって大きなテーマだが、ロイの演出はそれをさらに独自の解釈に基づき強調する。これについては後でより詳しく検討する。

四　文化的参照の三つのレヴェル

1　明示的参照

さてここからは、現代オペラ演出における文化的参照をロイ演出『影のない女』を例に三つのレヴェルに分けて検討する。(18) 第一のレヴェルは明示的参照（explicit references）である。これは、何が引かれているのかを観客が何の困難もなく、つまりただ公演に接しているだけで理解できるような参照である。

(1)　視覚的自明性

ロイ演出《影のない女》は次のように始まる。幕が開くと舞台にはマイクスタンドが一定の間隔で置かれている。その前には楽譜台もある。舞台の両袖からコートに身を包んだ男女がスコアを持って入ってくる。彼らは譜面を楽譜台に置き、マイクに向かって歌い始める。その間、やはりスコアを手にした、しかし自らは歌う様子のない細身の、眼鏡をかけた若い青年が、自分の楽譜を何かを確認するかのように注意深く見ている。

ここがレコードの録音スタジオであることは自明である。ロイは《影のない女》を、このオペラをレコード録音するためにスタジオに集まった人間たちの物語に読み換えた。現代オペラ演出では頻出する自己言及的な劇中劇化だが、これは本演出の基本的コンセプトを示す決定的な文化的参照である。

(2) 文化的約束としてのジャンル

明示的参照が視覚的な自明性に依拠するのは自然だが、一方で不可視の、文化的な約束事に働きかけるものもある。代表的なのは映画的なジャンルである。ジャンルは物語を類型化することで話の理解を容易にする性格をもつ。映画という大衆的なメディアの約束事であるジャンルを活用することで、オペラ演出家は自らの読み換えを多くの観客に受け容れやすいものにすることができる。ロイの演出では以下の三つのジャンルが参照されている。

① バックステージもの

御伽噺的台本をレコード録音の舞台裏で起こる人間模様に読み換えた本演出は、バックステージものと言える。『ファイナンシャル・タイムズ』のシャーリー・アプソープは、《ミーティング・ヴィーナス》(一九九一年)というイシュトヴァン・サボー監督の映画を引き合いに出している。[19] これは、野心的な演出によるヴァーグナー《タンホイザー》の公演舞台裏で巻き起こる騒動を描いた作品である。

バックステージものは本質的に群像劇である。そこでは幸せと不幸、人生の上昇と下降、出会いと別れ、といった対照的な出来事が同時に進行する。観客は「世の中はこうしたものだ」という一歩引いた視点から感慨を抱く。様々な人間が動き回るのもこのジャンルの特徴だが、リヒャルト・シュトラウスが書きつけた大量の細かい音符はその様子の見事な描写になっている。

② コメディ(再婚喜劇)

批評では指摘されていないが、他の演出家による《影のない女》に比べ本演出ではコメディ的要素が強調されている（これはロイの演出としては珍しい）。その役割を担うのはバラクとその妻である。特にバラクの妻は深刻で悲劇的な人物、場合によっては主役として描かれることもある登場人物だが、ロイの演出では、どちらかと言えばコメディ・リリーフ的性格を与えられている。二人は「喧嘩するほど仲がいい」夫婦として描かれ、他の人物、特に皇后が経験する変容とは対照的な日常性を体現する。

③　心理スリラー・ホラー映画

三つ目の、本演出において最も重要なジャンル的参照は心理スリラー、あるいはホラー映画に関するものである。それは皇后と「子ども」との関係として展開される。本演出では繰り返し子どもが登場する。ロイは、台本上の設定では舞台裏から聞こえる声だけの存在である「生まれざる者たち」も実際の子どもたちとして舞台に出し、なおかつ、本来の出番以外の箇所でも登場させた。それを通して観客は、子どもたちが皇后だけに見えている幽霊、あるいは妄想かもしれないという推測に導かれる。ある批評家は皇后を、映画『ブラック・スワン』（ダーレン・アロノフスキー監督、二〇一〇年）でナタリー・ポートマンが演じた、幻覚症状に悩まされるバレリーナと比較している。[20]

子どもたちが誰なのかを考えることは解釈に踏み込むことであり、ここでは差し控える。主人公が幽霊を見たり妄想にとりつかれたりするようなスリラー、あるいはホラーが参照されていることを確認しておこう。

2　承認された参照

文化的参照の第二のレヴェルは、承認された参照（authorized references）である。これは演出家の発言によって明らかとなる細部に関する参照を指す。明示的参照に具体的な情報を付け加える参照と考えてもよい。

(1)　文化的参照の排他性

本題に入る前に現代オペラ演出に対する最もありふれた批判について触れておきたい。それは舞台を見ただけでは意味がわからない、つまり何がどのような意味合いで参照されているのかわからない、というものである。演出家の言葉による説明を聞かないと理解できない演出など失敗だ、という意見も根強い。もちろん、公演プログラムや各種メディアに掲載される演出家の発言を読まないことは観客の自由だが、少なくとも研究者の態度ではない。

これは文化的参照自体がもつ問題でもある。例えば、映画館にハリウッド映画を見に行った時、自分にとってはさして面白くない場面でアメリカ人（らしき）観客が笑っている、という経験をしたことはないだろうか。英語の台詞の意味はわかっても、会話の文脈を支える情報や知識（例えば、日本では無名だがアメリカでは有名な人物や事件）、俗に言う「ネタ」を知らなければおかしさは伝わらない。

文化的参照は本来こうした排他性をもつ。わかる人にはわかるが、わからない人にはわからない。しかし、プログラムを読んだりする労を厭わなければある程度までは学習可能であり、演出家もそうした積極的な参加を求めている。上演分析を行う際できる限り演出家の発言を読むことは必然である。

(2)　時代・場所の設定をめぐる選択

本題に戻ろう。ロイは《影のない女》を、このオペラのレコード録音に携わる人間たちの群像劇に読み換えた。ここまでは明示的参照のレヴェルで明らかだが、それ以上はわからない。例えば、ここはいつの時代のどの場所なのか。そもそも、いったいこの人たちは誰なのか。

演出家にとって原作の時代と場所を移す際、(1)具体的な時代と場所を設定するかどうか、(2)その設定を観客に伝えるかどうかは、演出の方向性を決める重要な選択である。いろいろなパターンが考えられるが、ここでは(1)具体的な時代と場所を設定し、(2)それを観客に伝える場合を考える。その方法は三つある（これらは両立可能である）。

①公演のなかで字幕――例えば、「一九五五年冬のウィーン」のように――を投射するなどして観客に直接伝えること。②公演外の情報、特に演出家のインタヴューで明言すること。③明言せず、観客に考えさせること。①は明示的参照の一種であり、②と③はそれぞれ、これから検討する承認された参照と暗示的参照に相当する。ロイ演出《影のない女》の方法は②と③、二つの方法を使う。

(3)　ロイの発言

ロイ演出《影のない女》の時代と場所は、演出家によれば、このオペラの最初の全曲録音が行われた一九五五年のウィーンのスタジオに設定されている。

作品の受容史を調べていたら、カール・ベームが一九五五年にウィーン国立歌劇場の歌手たちを説得し、暖房の入っていない真冬のホールで、ノーギャラで《影のない女》の最初のレコード録音を敢行した、という話を知りました。まだ第二次世界大戦の影が色濃く残るウィーンで、皇后役の若きレオニー・リザネクが、一九四〇年代のスターだった乳母役のエリザベート・ヘンゲンに出会う。過去と未来が、引き裂かれた現在において出会うのです。これを背景として同時に、罪悪と責任を認めることを学ぶ人間たちについてのドラマ、その私たちのヴァージョンが上演されるわけです。影はいつだって過去というものの影でもあるのです。[21]

発言を補足しておく。戦後連合国の支配下に置かれていたオーストリアは一九五五年、独立を果たす。それと呼応するかのように同年、戦争中の空襲で廃塵に帰したウィーン国立歌劇場が再建され、十一月五日、音楽監督カール・ベームの指揮による《フィデリオ》を皮切りに上演が再開される。《影のない女》はその記念すべき一連の公演演目の一つだった。作曲家シュトラウスと親しかったベームはレコード会社デッカにこの大作の初となる全曲録音を、公演で歌った歌手たちを起用して行うことを直訴した。予算削減のため真冬にもかかわらず録音会場となる楽友協会大ホールには暖房がかけられなかった。そんな厳しい状況で録音は敢行された。残念ながらある歌手の契約問題のためレコードは予定より大幅に遅れて発売されたが、今でもこのオペラの最初にして代表的な名盤として知られている。ロイの演出は、《影のない女》という作品の受容史において画期的な出来事となったこの初の全曲録音に取材したものだったのである。

ロイは「個人的なあらすじの解説」として本演出における読み換えを次のように語っている。

> 裕福な家庭で守られ、甘やかされた若き新進歌手が、《影のない女》の録音で皇后の役を引き受けるよう依頼される。これは彼女にとって初めてとなる国際的なキャストによる録音。多くの同僚たちについて彼女は話に聞いて知っているだけだ。すでに伝説的な乳母役の歌手。バラクを歌うB氏と、染物屋［バラク］の妻を歌う気性の激しいその妻。あるいは、ヨーロッパでの活動は初めてだという［皇帝役の］テノール。彼女はより経験を積んだ同僚たちがマイクの前で役を自分のものとして作り出す様子に感嘆を覚える。(22)

人物設定に関しては、一九五五年のベームによる録音の歌手たちが厳密に踏襲されているわけではない。例えば、バラクとその妻を歌う歌手たちが実生活でもカップルであるというのは、録音に参加した歌手ではなく、ベームの指揮でこれらの役を歌ったこともある歌手どうしのカップル、ヴァルター・ベリーとクリスタ・ルートヴィッヒをおそらく念頭に置いている（本演出のバラク役ヴォルフガング・コッホはベリーに容姿が似ている）。また、ヨーロッパでの初めての仕事だという皇帝役の歌手は、ベームの再録音でこの役を歌ったアメリカ人テノール、ジェームズ・キングに重なるだろう。

事実と異なる点で最も重要なのは録音会場に関する変更だが、これについては、その変更の理由とともに次節で検討する。

3 暗示的参照

現代オペラ演出における文化的参照、その第三のレヴェルは暗示的参照（implicit references）である。それは、何かが参照されていることは舞台からも、演出家の発言からも推測されるものの、具体性が与えられない参照を指す。舞台を見たときの不可解な箇所、演出家の抽象的で曖昧な発言、あるいは公演評での意外な指摘が、暗示的参照にアプローチするきっかけとなる。

(1) 参照の発見から参照に関する解釈へ

暗示的参照について、もう一度映画の例で説明しよう。ハリウッド映画をアメリカ人が見て笑っているのに日本人である自分は笑えない、という話である。「私」は、参照されている内容はわからないが、何らかの参照が行われていることには気づく。それが原因でアメリカ人が笑っているからだ。その映画で行われている参照は、「私」にとって暗示的参照である。

この場合、暗示的参照が何かを明らかにするのはさほど難しくない。例えば、アメリカ人観客に何がおかしいか尋ねてみればよい。しかし、オペラ演出ではそう簡単ではない。まず、暗示的参照は、参照されていることが自明な明示的参照や、参照されていることが演出家の発言によって確認される承認された参照と異なり、参照が行われていること自体気づかれない場合がある。実際、ロイ演出『影のない女』に関して、これまで述べた二つのレヴェルの参照は公演評で触れられているが、以下に述べる本演出の暗示的参照を指摘した評は決して多くはない。

今、「本演出の暗示的参照」と言った。これは実は精確ではない。正しくは、「暗示的参照と思われるもの」であり、つまりは筆者による解釈である。誤解がないように付け加えれば、暗示的参照が公演に関する観客の解釈にすぎない、したがって、暗示的参照は見る側の深読みにすぎず、端的に存在しない、ということではない。暗示的参照は、演出家とドラトゥルクとの緊密な協力のもと制作される現代のオペラ演出において、その多くに間違いなく存在する。ただそれは、歌手たちを含む制作スタッフの間で共有されてはいても、その全てが観客に対して情報として提供されるわけではない。例外もいるが、演出家は謎を保つためすべてを言葉では語らないものである。したがって、批評家・研究者を含む観客側がいかに確信をもっていようと、その暗示的参照に関する記述は解釈に留まらざるを得ない。以上をお断りしたうえで、本演出の暗示的参照について、あえて断定的に述べる。

(2)　ゾフィエンザール

クリストフ・ロイ演出《影のない女》における暗示的参照、その最も重要で驚くべき参照はナチス時代のホロコーストの記憶に関するものである。それはまず、場所の設定に由来する。すでに述べたように、本演出には参照した歴史的事実と異なる設定がある。その最大のものは、録音スタジオをウィーンのゾフィエンザールに設定したことである。確かにこの建物はデッカのプロデューサー、ジョン・カルーショーによって、ゲオルグ・ショルティが指揮したヴァーグナーの《ニーベルングの指環》の初の全曲録音をはじめ数々の名盤が録音された伝説的な場所としてクラシック・ファンにはよく知られている。しかし、問題の一九五五年の《影のない女》が収録されたのは実はこのホールではなく、ウィーン・フィルのニューイヤーコンサートでもおなじみの楽友協会大ホールだった。この「誤り」を演出チームの不勉強と断じる声もあったが、ロイはそれを知りつつ、あえてゾフィエンザールに舞台を設定したのだった。その理由を彼は次のように述べている。

ゾフィーエンザールのほうが典型的な録音会場です――ビルギット・ニルソンとショルティの《リング》などを考えてみてください。デッカはここに、ヨーロッパでも最も新しい録音スタジオを構えました。さらには数々の歴史が刻まれた建物でもあります。かつてはここで孤児たちの舞踏会やヴォードヴィル、芝居が開かれていました。オーストリアにおいてナチスが結成された場所であり、その後ユダヤ人を集めて強制収容所に送り出す中心地となりました。二〇〇一年の火事までは再び芝居が演じられ、ディスコなどとしても使われました。歌手たちは、作品の枠組みのなかで人物を演じることによって、自分たちの行動の社会的・歴史的枠組みを、いまや廃墟となった時代の歴史のなかに理解しなければなりません。(23)

ここで述べられたゾフィエンザールという建物に刻まれた歴史、とりわけナチスとの因縁は、ロイの《影のない女》演出を理解するうえで極めて重要である。ロイがあえて史実に反して場所をゾフィエンザールに設定したのは、この忌まわしい歴史的記憶に言及するためだったと考えられるからである。

本公演でナチス時代やホロコーストが参照されていると指摘した公演評は、決して多くないが、幾つか存在する。例えば、『バーディッシェ・ツァイトゥング』[24]や『アヴァン・セーヌ・オペラ』[25]は、ゾフィエンザールの歴史に触れつつ、舞台上の人影にホロコーストの犠牲者を見出している。しかし、そうした参照が演出上のコンセプトや他の諸々の細部とどのように関係しているかにまで踏み込んだ議論はいずれの記事にも見られない。

(3) 子どもたち

ロイの発言を知ると、演出上の不可思議な点が腑に落ちるものとなる。例えば第二幕第四場、皇后が影を奪うことへの良心の呵責を覚える「目覚めの場面」。ロイの演出では、誰もいなくなった夜の録音スタジオを皇后が訪れると、子どもたちが入ってくる。彼らはそこで働いていた大人たちと同じような背広やシャツを着て、大人たちがしていたのと同じように録音作業を行う。ホラー映画のような、明らかに奇妙で不気味な光景が広がる。

子どもは《影のない女》の重要なテーマである。この場面を、影、すなわち妊娠する能力を獲得し、子どもを産むというオブセッションに捕らわれた皇后の心理描写と解釈することもできよう。しかしゾフィエンザールがナチス時代、そこからユダヤ人たちが強制収容所に向けて旅立った場所であることを踏まえるならば、別の見方のほうが有力だと思われる。すなわち、子どもたちはユダヤ人である。この子どもたちは、台本では「生まれざる者たち」と名づけられている。ロイは、まだ生まれていない人間としての子どもを、すでに亡くなったホロコーストの犠牲者、その幽霊へと読み換えたのだった。

子どもたちはすでに第一幕第二場でも乳母が魔法で出現させる奴隷の少女たちとして登場していた。その時は、初老の男性を先頭に、少女たちが列を成して舞台を上手から下手へと横切る。彼女らは皆うなだれている。その行進は、収容所に送られることになったユダヤ人の子どもたちを容易に想起させる。[26]

(4)　少女とその靴

これに続く場面で、皇后は一人の少女に抱き着かれる。咄嗟に皇后は少女を振り払う。その態度は少女を嫌っているというより、幽霊のように気味悪がっていることを示す（第三幕のフィナーレでも皇后は、今度はある少年から握手を求められるが、すぐ顔を背けてしまう。この少年は上述の第二幕第四場ですでに対面していた少年、すなわち幽霊である）。

少女は消える。行進を率いていた老人はその少女の靴を手に、舞台を下手から上手へと歩いていく。向かった舞台袖にはテーブルと椅子がある。彼は持っていた小さな靴を揃えてテーブルの脇に置き、椅子に腰かける。おそらく守衛だろう。その後、靴は第二幕の終わりまで同じ場所にそっと置かれ続ける。

この持ち主を失った靴は少女が辿った過酷な運命を静かに、かつ雄弁に語る。強制収容所に関する写真で、殺されたユダヤ人たちの靴の山を写したものがある。その写真の強烈な印象をロイはたった一足の靴で置き換えた。小道具に重要な意味を持たせるロイらしい演出である。

(5)　皇后の「影」

以上からも明らかなように、本演出に登場する子どもたちは皇后と特別に結びつけられている。それは、台本上の物語に引き付けて理解すれば、彼女が子どもを産むことに取りつかれていることを示すが、ロイの演出が物語るのはそれと異なる。彼は次のように言っている。

私は演出の際、同一化することによって作品の世界に入り込むことを可能にしてくれる登場人物をつねに探します。《影のない女》では、それは皇后でした。彼女は最初、おとなしい子どものように、様々な印象を受け留めるだけでほとんど何も語らない観察者なのですが、自らに決断が求められていると感じると、女性のキリストとでも言うべき存在に変わるのです。この作品は彼女を追うことによってのみ理解できると私は考えます。[27]

つまり、ロイは『影のない女』を皇后の受難の物語と捉えた。では彼女の体験する苦悩とは何か。原作においてそれは、バラクの妻から影を奪うことへの良心の呵責であり、その罪の意識に目覚めるのが例の第二幕第四場だった。ロイの演出ではそこで皇后が子どもたち、すなわち、ホロコーストの犠牲者の幽霊を見る。つまり、彼女はナチスやホロコーストの記憶に直面する。それに対する罪の意識——第三幕の試練の場面で彼女は繰り返しSchuldと口にする——を覚える過程を描くのがロイの演出上の物語である。

ならば、影とは何か。この演出では女性の妊娠する能力ではない。ロイはＤＶＤの特典映像として収録されたドキュメンタリーのなかで「影は理性的な存在として私たちが人生で引き受けるべき責任のメタファーです。私にとってこれが唯一可能な意味です」と言っている。[28]この発言だけでは唐突な解釈のようだが、すでに十分理解可能だろう。影はホロコーストのような人類が起こした最悪の災禍、その歴史への気づきとそれに対する責任を意味する（ヴァーグナーやシュトラウスとナチスとの関係を頑なに否定する本公演の指揮者ティーレマンは、したがって、皇后とは対照的に気づかない人物という役を演じさせられているとも言える）。それこそが新しい子ども、ではなく人類の未来をもたらす。ロイの次のような言葉も抽象的だが、いまやその言わんとするところは明らかだろう。

作品のなかで皇后と他の登場人物たちは自らを忍耐の限界へ向かわせる体験を重ねます。生まれざる者たちの声は死者たちの声のように彼らを追い詰め、警告します。未来を可能にする唯一の道は過去について知ることだと彼らは学ばなければなりません。[29]

五　結論にかえて

以上の議論から、現代オペラ演出における文化的参照の三つの段階が明らかになった。観客なら誰でも気がつく常識的な読み換えとしての「明示的参照」、演出家の言葉を通して「明示的参照」に具体的な細部を与える「承認された参照」、そして、演出家の言葉を踏まえて演出を見直すことで遡行的に立ち現れる、あるいは、それまで理解できなかった細部が理解できるようになる、隠された参照としての「暗示的参照」である。ロイの演出では、レコーディング・スタジオが「明示的参照」、それが一九五五年冬のウィーンのゾフィエンザールだと明らかにするのが「承認された参照」、そして、舞台上に繰り返し現れる子どもたちがホロコーストの犠牲者だと示すのが「暗示的参照」である。

本稿を通じて、現代のオペラ演出において文化的参照が重要な問題であることは理解されたように思う。最後に、今後の研究課題を幾つか箇条書き的に列挙する。この問題提起をもって本論を閉じることにしたい。

1　文化的参照による現代オペラ演出の分類

本稿では文化的参照を三つのタイプに分類したが、この三つのうち演出全体、あるいは個々の場面においてどれが優勢かによって様々な演出作品を分類あるいは分析することができよう。ロイの《影のない女》のように作品受容史を参照する演出は承認された参照や暗示的参照が重要だが、反対にこうした参照が少ない、あるいはそれらをあえて排した演出というものもありうる。例えば、誰の目にも明らかな露骨なメッセージを主張する社会批判的な演出は、暗示的参照に依拠する部分が少ないと言えるだろう。

2　映像化を前提としたオペラ制作

本稿はDVDの分析に基づく。筆者も実はザルツブルクの舞台を実際には見ていない。ロイの演出の細部やそれに関する文化的参照は、実際の上演に接したザルツブルクの観客にわからなかったとしても無理はない。それらはDVDを繰り返し見て、演出家のインタヴューや批評を読むことによって発見された。

本稿の議論に対して、演劇体験において本質的な現場性をないがしろにしているという批判もあろう。映像がすべてを記録できるわけではないという限界もある。一方で、ソフト化され繰り返し見られることを初めから想定して制作される演出もあるだろう。ロイの『影のない女』はその一例である。そうした演出のあり方は、DVDだけでなく、インターネットで中継され、記録されるオペラ公演が増え続けるに伴って今後ますます発展するだろう。

3　「現代オペラ演出研究」――受容史を超えて

前述の広瀬大介はすでに引用した論文で、ロイのインタヴューを、発言のなかでゾフィエンザールとナチスとの関わりに触れた箇所――本稿の解釈では最も重要な部分――を削除して紹介している(30)。いわゆるネタバレを防ぐためかもしれないが、論文全体を読む限りおそらく違うだろう。広瀬はシュトラウスの専門家だが、この演出については肝心なポイントを見逃してしまったように思われる。もっとも、これは必ずしも広瀬の個人的な問題ではない。

現代オペラ演出の研究は作品受容史、特にヴァーグナーに関する受容史を中心として行われてきた。広瀬の論文も《影のない女》の受容史を扱ったものである。そこでは原作が上演においてどう理解されてきたかに一義的な関心が集まる。諸々の演出は既存のオペラ作品に対する諸々の解釈として扱われ、それ自体が新たな創作として論じられることは少ない。演出家個人の作家性に対する関心が低いため、演出の細部について十分な考察が費やされないことも多い。求められるのは、佐々木健一が論じたオペラに固有の美学を理解したうえで、現代オペラ演出を二次創作者としての演出家の側から考察する議論である。本稿ではそれを文化的参照という観点から試みた。

〈追記〉　本稿は早稲田大学オペラ／音楽劇研究所研究例会（二〇一八年一月二〇日）での発表原稿に基づく。質疑応答に参加してくださった出席者の方々に感謝したい。また、公演プログラムを提供していただいた音楽評論家戸部亮氏にこの場を借りて御礼申し上げる。

（1）　バリー・ミリントン『舞台』、高橋宣也訳、バリー・ミリントン（編）『ヴァーグナー大事典』、三宅幸夫・山崎太郎日本語版監修、平凡社、一九九九年、二七六頁。（原著：Barry Millington (ed.) *The Wagner Compendium. A Guide to Wagner's Life and Music*, London : Thames and Hudson Ltd., 1992, pp. 377-378）

（2）　佐々木健一『演出の時代』、春秋社、一九九四年、一一頁。

（3）　佐々木、前掲書、一二頁。

（4）　佐々木、前掲書、一〇頁。

（5）　そのプロセスに関しては、平田栄一朗『ドラマトゥルク　舞台芸術を進化／深化させる者』（三元社、二〇一〇年）の「第三章　制作ドラマトゥルギー」（八五―一三〇頁）に詳しい。

（6）　Christopher B. Balme, *The Cambridge Introduction to Theatre Studies*, Cambridge : Cambridge University Press, 2008, p. 152.

（7）　キア・イーラム『演劇の記号論』、山内登美雄・徳永哲訳、勁草書房、一九九五年、一〇六頁。（原著：Kier Elam, *The Semiotics of Theatre and Drama*, London and New York : Methuen, 1980, p. 94）

（8） 佐々木、前掲書、四一頁。

（9） Urlich Müller, “Regietheater/Director’s Theater”, in : Helen M. Greenwald (ed.), *The Oxford Handbook of Opera*, Oxford : Oxford University Press, 2014, p. 591.

（10） こうした演出はしばしば高度に学問的な文化的参照を含む。それは、オペラ研究を含む音楽学の最近の動向と大いに関係がある。近年の、オペラ研究を含む批判的音楽学の大前提こそサブテクストの記述だからである。オペラに関する学問的言説の視覚化、あるいはその舞台化としての現代オペラ演出に関しては、新田孝行「現代オペラ演出、あるいはニュー・ミュジコロジーの劇場―ローレンス・クレイマーの音楽解釈学再考」（『音楽学』第六二巻二号、二〇一六年、八六―一〇〇頁）を参照。

（11） 広瀬大介「リヒャルト・シュトラウス《影のない女》初演からの百年史―音楽と最新演出を中心に」、中央大学人文科学研究所編『アップデートされる芸術―映画、オペラ、文学』、中央大学出版部（中央大学人文科学研究所研究叢書58）、二〇一四年、一五七、一五九頁。

（12） http://www.nachrichten.at/nachrichten/kultur/Bei-Strauss-ist-alles-sehr-logisch ; art16,678676. 本稿の新聞からの引用はすべて電子版（最終アクセスはいずれも二〇一九年八月一日）から、翻訳は筆者による。

（13） https://kurier.at/kultur/desastroes-die-frau-ohne-schatten/717.395

（14） http://diepresse.com/home/kultur/klassik/682290/Eine-Frau-ohne-Schatten-und-Geschichte

（15） https://www.welt.de/kultur/musik/article13519222/Dirigent-Thielemann-triumphiert-in-Salzburg.html

（16） http://www.telegraph.co.uk/culture/music/opera/8712291/Die-Frau-ohne-Schatten-Salzburg-Festival-review.html

（17） http://www.nytimes.com/2011/08/17/arts/17iht-LOOMIS17.html

（18） 本稿での上演分析は以下の映像による。*Die Frau ohne Schatten*, recorded at the Großes Festspielhaus, Salzburg, 29 July 2011, Opus Arte, OA1072D, 2012(DVD).

（19） https://www.ft.com/content/2878513a-bcee-11e0-bdb1-00144feabdc0

（20） https://www.noz.de/deutschland-welt/kultur/artikel/305998/ehekrieg-mit-vielen-verlierern

（21） Christof Loy, "Hier ist Altes anwesend, hier kann Neues entstehen：Christof Loy im Gespräch mit Thomas Jonigk", In：Programmheft der Salzburger Festspiele zu *Die Frau ohne Schatten*, 2011, S. 38.

（22） Christof Loy, "*Die Frau ohne Schatten*：Eine persönliche Inhaltsangabe", In：Programmheft der Salzburger Festspiele zu *Die Frau ohne Schatten*, 2011, S. 24.

（23） Loy, "Hier ist Altes anwesend, hier kann Neues entstehen", S. 38.

（24） 「〔若い女性歌手が成長する過程で遭遇する出来事は〕かすかに感じられるだけの、しばしばシュールレアリスティックなものだが、それは、この空間の歴史と切り離すことができない。例えば、レヴューのダンサーたちの登場やホロコーストが待ち受けている人々」（https://www.badische-zeitung.de/theater-2/schatten-ueberm-ballsaal-48158241.html）。

（25） 「トランクを手にしたこの死出の旅人たちを見ることはもはやないだろう。〔中略〕ゾフィエンザールはオーストリアのナチ党が結成された場所であり、ユダヤ人を招集する建物として使われたのだった」（http://www.asopera.fr/critique-la-femme-sans-ombre-r171.htm）。

（26） 『メルキュール』の批評記事はこの場面の写真を載せている。ただし、本文中でホロコーストへの言及はない。https://www.merkur.de/kultur/frau-ohne-schatten-premierenkritik-mm-1343358.html

（27） Loy, "Hier ist Altes anwesend, hier kann Neues entstehen", S. 35.

（28） "Thielemann rehearses *Die Frau ohne Schatten*", a documentary by Eric Schultz, In：Opus Arte, OA1072D, 2012 (extra feature of DVD).

（29） 上述のドキュメンタリーにおけるロイの発言。

（30） 広瀬、前掲書、一六〇頁。

細川俊夫《班女》における実子の「絵」の役割
――フロレンティン・クレッパー演出および岩田達宗演出を通して

森岡実穂

一　はじめに

《班女》は、日本を代表するオペラ作曲家である細川俊夫の代表作のひとつである。既に通算上演六〇回を数えるこの作品は、初演のアンヌ・テレサ・ドゥ・ケースマイケル演出（二〇〇四年、エクサンプロヴァンス）、ルカ・ヴェジジェッティ演出（二〇〇五年、ハンブルク）、パトリック・シマンスキ演出（二〇〇七年、ビーレフェルト）、カリスト・ビエイト演出（二〇一一年、ルールトリエンナーレ）、平田オリザ演出（二〇一二年、広島）、フロレンティン・クレッパー演出（二〇一六年、ベルン）、岩田達宗演出（二〇一八年、広島）と、現時点で七種類の演出で上演されている。(1)

本稿では、この数年に出た《班女》の新演出から、ベルンでのフロレンティン・クレッパー演出（二〇一六年）と広島での岩田達宗演出（二〇一八年）を取り上げる。このふたつの上演は、基本的に過去の《班女》演出では重要視されてこなかった、実子が「画家」であるということに注目しており、彼女が花子を描いた「絵」にあたるものが登場するという共通点がある。まず三島による原作「班女」の能的要素（の稀薄さ）、この原作とオペラ台本《班女》の関係を確認し、次いでオペラの中に絵画が登場する時の物語上の機能や演出にもたらす可能性を、作品の中で「画家」が主役となるオペラ、また「絵」の存在が重要な役割を果たすことで有名なオペラを例に具体的に示す。さらに、過去の《班女》演出がこうした要素に注目してこなかったことを確認した上で、このふたつの演出がどのような独自の「絵」を舞台に持ち込み、そしてどのように実子の創作活動と自己認識の問題を焦点化することで、それぞれに《班女》解釈に新たなページを開いたのかを論じる。

二　三島由紀夫「班女」における能的要素

このオペラ《班女》のおおもとにあるのは、世阿弥による能『班女』である。これを三島由紀夫が『近代能楽集』のうちの一作として翻案し、この三島版「班女」のドナルド・キーンによる英訳を元に、細川がオペラ用に若干のカットを施してオペラ台本とした(2)。

細川がそのオペラの創作活動にあたり、能の精神に多くを負っていることはしばしば本人によって語られているが(3)、このオペラ化にあたって直接素材とした三島の「班女」は、そこで言及される「夢幻能」に分類されるものではない。三島の「班女」は「登場人物がすべて現実の人間であり、まったくの現在能(4)」であり、より論理性に勝る対話劇だからこそ、ヨーロッパでも人気を博してきたという評もある。たとえば《松風》におけるような、超越的な体験を描いた音楽を通した浄化という典型的なプロセスはこの作品には存在しない。

但し、それではまったく能に通じる要素がないのかというと、そんなこともないのかもしれない。松本徹は、三島と能について分析した文章の中で、能の演劇的特性について「象徴的歌舞劇」であり、「そこに登場する人間なり生起する事件は、現実の存在条件から解き放たれている、と受け止められる」「そこでは時間の自然な流れも、退けられる。……すなわち、時間の基本的枠組みが外され、過去が現在に入り込み、現実と夢幻との境も消える。三島が取り上げるのは現在能であるが、この点に変わりはない」[5]と記している。『近代能楽集』について、三島はこう語っている。

「私の近代能楽集は、韻律をもたない日本語による一種の詩劇の試みで、退屈な気分劇に堕してはならないが、全体に、時間と空間を超越した詩のダイメンションを舞台に実現しようと思つたのである。[6]」

「班女」では、「夢幻能」的な超自然的な状況は発生しない。しかし、登場人物である花子と実子というふたりの女性が彷徨し、到達する世界は、それぞれに違いはあれど、現実の軛に縛られない「詩」的な世界、ある意味「時間と空間を超越した詩のダイメンション」だと言えるのではないだろうか。作品の最後に訪れる、現実から一歩離れた「幸福」の実現において、能に通じる超越性が獲得されているのかもしれない。

今回扱うふたつの演出は「絵」、そして実子の創作活動と自己の問題にフォーカスをあてることで、それぞれ実子と花子にとっての「時間と空間を超越した詩のダイメンション」模索の旅に、興味深い解釈を提示していると言えるだろう。

三　三島由紀夫『近代能楽集』の「班女」における「絵」と「画家であること」

既に述べたように、三島由紀夫の戯曲「班女」では、原作の能には存在しない「実子」という女性が登場する。実子は女性の画家で、元芸者の花子という女性を落籍して同居している。花子は、「吉雄」という自分を捨てた男が迎えに来ると信じ、日々彼を迎えに駅まで通っている。

一介の女性画家にそのような金銭的余裕があるだろうか。大金を払って芸者を囲うというこの状況を可能にしているのは、彼女がいわゆる有閑階級の親を持った「老嬢」(7)（三島による登場人物紹介）だという設定である。これはオペラ版からは削除されてしまった部分だが、実子は、「ふるさとのお金持の寛大なお父さん、お母さん、あなたの感心な娘が、四十になるまで独り者で絵の勉強だと云つてお金を送らせてゐるこの娘が」(8)と自分を評している。「勉強だと云つて」という部分には、画業は結局は仕送りをもらう口実だという空気も感じられる。

それでも一応、三島版では、数少ないながら実子の画業に関する言及もあったのだが、オペラ台本からは削られている。以下に引用するのは、新聞に花子の記事が掲載されてしまったのに対する繰り言だが、この中の、傍線の引かれた部分が削られたところである。

「花子さんを描いた絵だけは人の目に触れさせまいとして、展覧会へ出さなかつたのも、むだになつたんだわ。あれを次々と出してゐれば、当選どころか特賞をもらつてゐたかもしれないのに。花子さんと知り合つてから、力を入れない他の絵ばかりを出してゐたために、いつも落選の憂目をみてゐたんだのに。」(9)

具体的にどういうレベルの、どんな絵が描かれていたかなどは不明だが、少なくともこの部分が残されていれば、とにかくたくさんの絵を描いていたこと、「展覧会」に毎年参加するだけの画家としての活動をしていたことはかろうじてわかる。だが、細川はこの部分をさらに削り込むことを選び、その結果オペラ版では実子の社会的立場や日常はぎりぎりまで曖昧にされ、緊張感の高い音楽に寄りそいつつ、ひたすら花子との日々に煮詰まる感情、吉雄との三角関係で生まれるそれぞれの複雑な感情が集中的に書きこまれていくこととなった。台本で示されたこのような方向性を考えれば、これまでのほとんどの演出が、この三人の関係の「外」をほとんど描かず、濃密な感情と音楽に集中するようなものであったのもある意味当然なのである。

しかし、これまであまり焦点を当てられてこなかったからこそ、実子が「画家」「芸術家」だということは、この作品をこれまでとは別方向にひらいていくためには有効な手掛かりにもなると言える。むしろ、台本中に作家としての活動に詳しい言及がないからこそ、より自由な読み込みができるとも言えるかもしれない。

実子が「画家」であるという設定は、彼女が一般の人々とは違う価値観を持ち、「普通」と違う生活を送る言訳としては特に有効であろう。ロマン派の時代以降のオペラに「芸術家オペラ」という系譜が存在するが、ここには「芸術至上主義の高い次元の存在であるため、一般の社会に理解されず、孤立してしまう」という「芸術家」のひとつの典型的なイメージを確認できる。(10) そしてこうした「芸術家」イメージとともに、「芸術作品と作者を同一視する」考え方も広まっていくのである。(11) この考えに基づくならば、実子が実際にその「作品」を舞台上で見せ、「芸術家」であることを可視化するならば、そこにセリフや音楽に書きこまれた要素をさらに増幅させ深く掘り込んでいくことも可能であろう。

舞台作品の上演に際し、舞台上に「芸術作品」を新たにつくって置くことは、たとえば絵の場合には想定したレベルよりも低いものが出てきてしまった場合に逆効果になるなどのリスクも確かにある。しかしそれでも挑戦するだけの価値はある演出上の鉱脈とも言えるのだ。

四　「絵画」が登場するオペラにおけるその機能

オペラの中に絵画が登場する時、そこにはどのような物語上の機能が生まれるのか。また、それが演出にどのような可能性をもたらすのか。《班女》の分析に入る前に、作品の中で「画家」が主役となるオペラ、また特に「絵」の存在が重要な役割を果たすことで有名なオペラとして、パウル・ヒンデミット作曲《画家マティス》とアルバン・ベルク作曲《ルル》を例に考えてみたい。

1　パウル・ヒンデミット《画家マティス》（一九三八年初演）

もちろんオペラ史の中では、「描かれる側」だけでなく、「描く側」の存在に注目した、芸術家が主役として登場する作品はたくさんある。特に、おもに十九世紀以降の、「芸術家」という、「芸術」に人生を捧げる故に一般社会と距離のある人々の孤独や葛藤を描く一連のオペラは「芸術家オペラ」と呼ばれている。

ナチス・ドイツの時代に「退廃芸術家」として迫害されたパウル・ヒンデミットが、芸術家としてのアイデンティティについて悩む作曲家のオペラを書くことには十分すぎる理由があるだろう。オペラ《画家マティス》の主人公は、スイスのコルマールにある「イーゼンハイム祭壇画」を描いたマティアス・グリューネヴァルトという実在の画家の人生を題材としており、第六景に、この祭壇画の一部である「聖アントニウスの誘惑」をテーマに、自分のこれまでの人生をめぐる幻想が登場することになっている。

《画家マティス》の場合は、「芸術家の苦悩」こそが作品の中核に据えられており、「イーゼンハイム祭壇画」は、画家の精神の葛藤をそのまま反映したものとなっている。当然、演出される場合にはこの作品の要素が使われるのだが、エリザベス・ステップラー演出（二〇〇七年、マインツ）のように第六景がこの絵から飛び出してくるような怪物で満ちるのは当然として、キース・ウォーナー演出（二〇一二年、アン・デア・ウィーン劇場）のように、磔刑のキリストの頭部～腕の部分を全編に渡る立体的舞台装置として登場させるようなケースもある。

但し、ほとんどの「芸術家オペラ」で主役となっているのは男性である。これは、画家としてであろうと作曲家としてであろうと、家父長制的体制が支配的であった二十世紀後半まで、女性が芸術家として教育を受けることにも、創作しそれを市場で発表することにも大きく制限がかけられており、作品がまともな批評の対象にもなってこなかった歴史を考えればある意味当然の帰結だろう(12)。

そういうわけで、二十世紀前半までのオペラや戯曲・小説の中に女性の芸術家が登場する場合には、それこそ次に論ずる《ルル》に登場する「女流芸術家舞踏会」を催すゲシュヴィッツ伯爵令嬢のように、親掛かりの金銭的余裕と、教養教育を与えられるバックグラウンドを示す記号のようなものになりがちである。しかしだからこそ、現代の上演においては、男性と同じように職業として芸術に取り組んでいる女性芸術家を描くチャンスがあるならば、そういうものが作られていく必要があるだろうし、なぜ彼女たちが抑圧されなければならなかったのかを舞台の上で見せていく必要もあるだろう。

2　アルバン・ベルク《ルル》（一九三七年初演）

ベルク《ルル》においては、「絵」の存在は作品の核心近くに置かれており、上演にあたっては演出家はこれをどういう意味付けでどう見せるかを、演出の方向性を大きく決めるものとして考えなくてはならない。最初の夫の注文で二人目の夫となる画家によって描かれたルルの肖像画が、物語の中で大きな存在感を放つ。画家は彼女の肖像画で商業的に成功し、その美は絵の中で永久保存される。この肖像画こそは、この物語における彼女のカリスマ性そのものの象徴と言っていいだろう。しかし三人目の夫シェーン博士の殺害後、彼女の運命は零落の一途をたどり、肖像画との乖離は大きくなるばかりで、最終的にルル本人にとってはこの絵の存在が苦痛にすらなっているのだが、周囲の人々はこの絵をどこまでも――最後のロンドンのアパートまで――捨てることができない。

かつては、この肖像画は基本的に一枚きりの油絵で、唯一無二の存在としてのアウラを放ってルルの人生につきまとうものだった。その際にたとえば、この「肖像画」に、具体的な誰かの作品を引用することで、ルルの存在のあり方を分かりやすく示すこともできる。ヴォルフガング・ウェーバー演出のように、ウィリアム・ロセッティが描いた有名なファム・ファタルの絵を引用し使うことで、特定のキャラクターとの類似性を示すケースも見られた。[13] 二十一世紀の諸演出では、この肖像画から「唯一無二」という要素は消えつつあり、「消費物としての女性」を体現するモノとしての側面に重点を置いた、現代的な媒体への置き換えが進んでいる。

リチャード・ジョーンズ演出（二〇〇二年、イングリッシュ・ナショナル・オペラ）では、画家がルルを描いた肖像画として、一枚だけではなく、舞台を一杯に埋める「ピンナップ」群を提示した。[14] これらは、第二次世界大戦の頃に戦場の兵士の性的娯楽用に量産されたもので、この舞台で使われたもののほとんどはその代表的作家ジル・エルブグレンによるものをベースにしている。古典的な演出での、一枚だけの油絵の肖像画が登場する時とは違い、ルルの性は「消費物」としての色を強める。

この演出では、三幕で暴落する株券の券面にもピンナップから引用された絵が印刷されている。「ユングフラウ株券」とは、表向きは有名な山の名前を付けた会社の株券ということだが、ユングフラウとは処女を意味する言葉である。この「株券」は、「処女性」を筆頭に、女性の価値が相対的・恣意的に決められること、またそれが親や夫などの「所有者」たちにより投機性を帯びることを強烈に批評している。

画家はもはや「画家」ではなく、その創作物も「絵」ではないというように、「現代」の状況で同じような意味を持つものに換えられていくことも増える。カリスト・ビエイト演出（二〇〇九年、バーゼル歌劇場）では、時代は現代となっており、それに伴って画家の職業はカメラマンに変更されている。(15) 彼がルルをモデルに生み出すのは、世界的アパレルブランドが大都市の巨大看板に出すような広告写真である。先程のピンナップよりもさらに生々しく、消費社会の中で「消費される性」としての女性のあり方を体現させる。

自らのドローイングによるアニメーションを舞台に使うウィリアム・ケントリッジ演出（二〇一五年、メトロポリタン歌劇場）では、「絵」が「アニメーション」として変化・分裂・増殖していく。まずは《ルル》が書かれた時代のドイツ表現主義の作風に寄せつつ「肖像画」がいくつか描かれる。

ルル本人の身体にも、乳房や尻など身体のパーツを描いた紙が貼りつけられ、彼女の身体、ひいては性的に消費される女性の肉体の分断された物質性が強調される。ケントリッジ独特のラインによるドローイングで描かれた乳房など、実際の肉体ではない形でフィクショナルに裸体になってみせるルルの姿は、こうしたパーツを欲望を誘う「記号」としてパロディックに見せることに成功している。我々は記号に欲情しているのだ、というこっけいさがそこには浮き上がってくる。

そしてこの「肖像画」は、もちろんもはや「唯一無二のもの」ではなく、上演中ずっとアニメーションの中で変容し増殖する、多様な可能性をもつものとして立ち現われる。

このように、「芸術家」という役割と、その「作品」という要素が加わることで、さまざまな方向のコノテーションを上演に持ち込むことが可能になる。その大きなポテンシャルを考えると、確かにせっかく「画家」という設定をもつ《班女》で、演出家たちがこれを有効に使おうと考えるようになってくるのは当然であろう。

五　これまでの《班女》演出と「絵」

これまでの《班女》の演出では、実際に「絵」を舞台の小道具として出してはこなかった。オペラ台本が基本的に示唆している通り、実子の芸術家としての存在は極力小さくされ、実子・花子・吉雄の三角関係や愛のありようをどう描くかという点に演出家たちの関心は集中していたように思われる。

初演のアンヌ・テレサ・ドゥ・ケースマイケル演出（エクサンプロヴァンス音楽祭、二〇〇四年、筆者の鑑賞はリヨン、二〇〇八年）では、実子のアーティストとしての側面もその作品も描かれることはなかったと言えよう。現代的なタイトなワンピースを着た実子と、厚みのある生地でつくった、長い裾と大きな襟が特徴的な重ねの着物に包まれている花子は、椅子だけが置かれた、三方を横向きの格子に囲まれた部屋の中で、ひたすら緊張感ある対話を重ねていく。

ルカ・ヴェジェッティ演出（ハンブルク、二〇〇五年）については二〇〇九年のトリノでの上演のトレイラーを観たのみであるが[16]、平面の舞台に能舞台と同じ「橋掛かり」と「舞台」にあたる演技空間をつくり、この両方の背後を貫くように横長のオリジナルの絵がかけられている。これは細川の音楽を語る際のキーワードである「カリグラフィー」を思わせる筆致の、いくつもの曲線の抽象的ドローイングであり、この作品の総合的背景としては優れたものと言っていいだろう。演出家に直接問い合わせたところ、吉田萠によるこの舞台美術は、実子の創作活動の成果として提示されていたわけではなく、「このオペラ全体の詩的世界、そして細川氏の音楽につながってゆく抽象的なヴィジュアル要素としてつくられたもの」[17]ということであった。

パトリック・シマンスキ演出（二〇〇七年）については新聞批評がひとつ見つかったきりであるが、これには特に舞台美術上の特徴として絵の存在は挙げられていなかった。なおこちらも演出家に問い合わせたところ、実際に絵や芸術家であることに注目する要素はとり上げていなかったとのことであった。[18]

カリスト・ビエイト演出（ルールトリエンナーレ、二〇一一年）については、七分弱のダイジェスト・トレイラーが存在するのでこれを観て、[19]またいくつかの批評記事を参照したが、[20]そもそも舞台を実子の部屋ではなく、倒木に分断された線路に設定したこの演出では、二人はもはや「待つ」ことに特化したホームレスのように見える。なんらかのアート作品が舞台上に登場しているというレポートは見当たらなかった。

平田オリザ演出（二〇一二年）が上演されたのは、ひろしまアステールプラザだったが、ここの中劇場は能舞台であった。制約の多い空間ではあるだろうが、能舞台の長い廊下は「世間」と彼女たちの居る空間の精神的隔絶を示すにも効果的だった。実子たちが裕福な環境に暮らしていることが感じられる衣装や小道具が使われていたが、ここに実子が描いたらしい「絵」が置かれることはなく、彼女の芸術家としての存在がクローズアップされることもなかった。

ちなみに、彼女のアイデンティティとは関係ないところで登場した一種の「絵」、舞台中央に置かれた、松の絵の描かれた屏風は、なかなかよい効果を生んでいた。花子（平田美和子）がこの屏風の後に引込んだ後に、その前で実子（藤井美雪）と吉雄（小島克正）が対決する。彼女がいなくてもそこに屏風があることで、実子と吉雄、そして見えないもう一人を含んだ三角関係の緊張感がより明確になっていた。

六　フロレンティン・クレッパー演出における実子の「作品」

1　パフォーマンス・アーティストとしての実子の「芸術家オペラ」として

ベルンでのフロレンティン・クレッパー演出《班女》は、歌劇場が改装中のため、近隣の仮設劇場で上演された。ここは、前方にステージがありその前の傾斜した床に平行に座席が並べられるタイプの、実験的なことの可能な中劇場によくある現代的空間であった。もともとの伝統的な大劇場よりも、今回のような舞台を作るには適していたと思われる。舞台美術担当のマルティナ・セーニャは、この舞台部分を三部に分けて構成した。上手側は、左右逆方向にではあるが能舞台の橋掛かりを思わせる通路になっており、奥に白いスクリーンと洋服掛けを透かしてみせるように、格子戸のような、生垣のような細い板が並ぶ。中央は合成映像撮影用のグリーンバックの撮影スタジオとなっている。下手側には半透明のポリカーボネート製のキューブ状の部屋が置かれている。

この中央のスタジオ手前で、グリーンの上衣を着た実子（クロード・アイヒェンベルガー）が、じっとパソコンを見ている。彼女の背後には大きなスクリーンに映像が映っている。駅の雑踏、そこに黄色いコートに巨大な黒いこけしのようなカツラをかぶった女性の後ろ姿が映る。これが花子（ユンジョン・リー）であろう。この映像が過去のものか、それともどこかに隠したカメラで現在の彼女を追っているのかは分からないが、彼女は間もなくまさにこの姿でこの部屋に帰ってくる。

演出家がプログラム上の対談記事で発言している通り[21]、今回の実子は「画家」ではなく、自分をも映像の素材とする「パフォーマンス・アーティスト」という設定になっている。彼女は全編通じて手元にカメラを置き、パソコンで画像を編集していく。《ルル》の最近の演出例で見たように、かつての「画家」に相当するもので現代に相応しい役柄を模索するならば、写真家や映像アーティストという選択肢が登場するのは当然であろう。

但し実子による、自らを素材として取り込むやり方は独特である。彼女はグリーンの上衣を着てグリーンバックの上で自らを撮影することで、映像上で自分の首から下の身体を消し、パソコン上では首だけの姿で花子の背後に登場する映像を合成していく。「自画像」というのは画家にとって、しばしば自らのアイデンティティの最も独自な形での表明となるものだが、彼女は「頭」だけ残して、作品世界から自分の肉体を可能な限り消し去ろうとしている。

この演出で、これまでの多くの演出とは違い、実子が「画家」、アーティストであることに焦点を置いた人物像を形成していることは、物語全体の解釈にも影響している。三人の互いへの感情が物語の重要な要素であることは確かだが、それすらも今回の実子にとってはある意味作品のための「素材」になっている。前述のインタビューでクレッパーは彼女が自らのパフォーマンスの素材にもなっていることに触れ、そのことが「何がアートであり、何が人生に属するものなのか」という境界線を消滅させると語っている。[22] その実人生とアートが食らい合っている状況とはつまり、本演出においては、常に実子に花子のことだけでなく自分のアートのことを考えさせているということだ。しかも物語の最後では、実人生での「事件」の影響を受けての彼女の「作品」における変化も作り込んで見せている。実子をこういう設定に置くことで、クレッパーは《班女》から、男女の濃密な三角関係の物語という側面だけでなく、実子という芸術家の人生における葛藤の物語としての側面を立ち上げてきた。二十一世紀の新しいタイプの「芸術家オペラ」のひとつとして、本演出は《班女》における新たな解釈の一ページを開いたと言えるだろう。

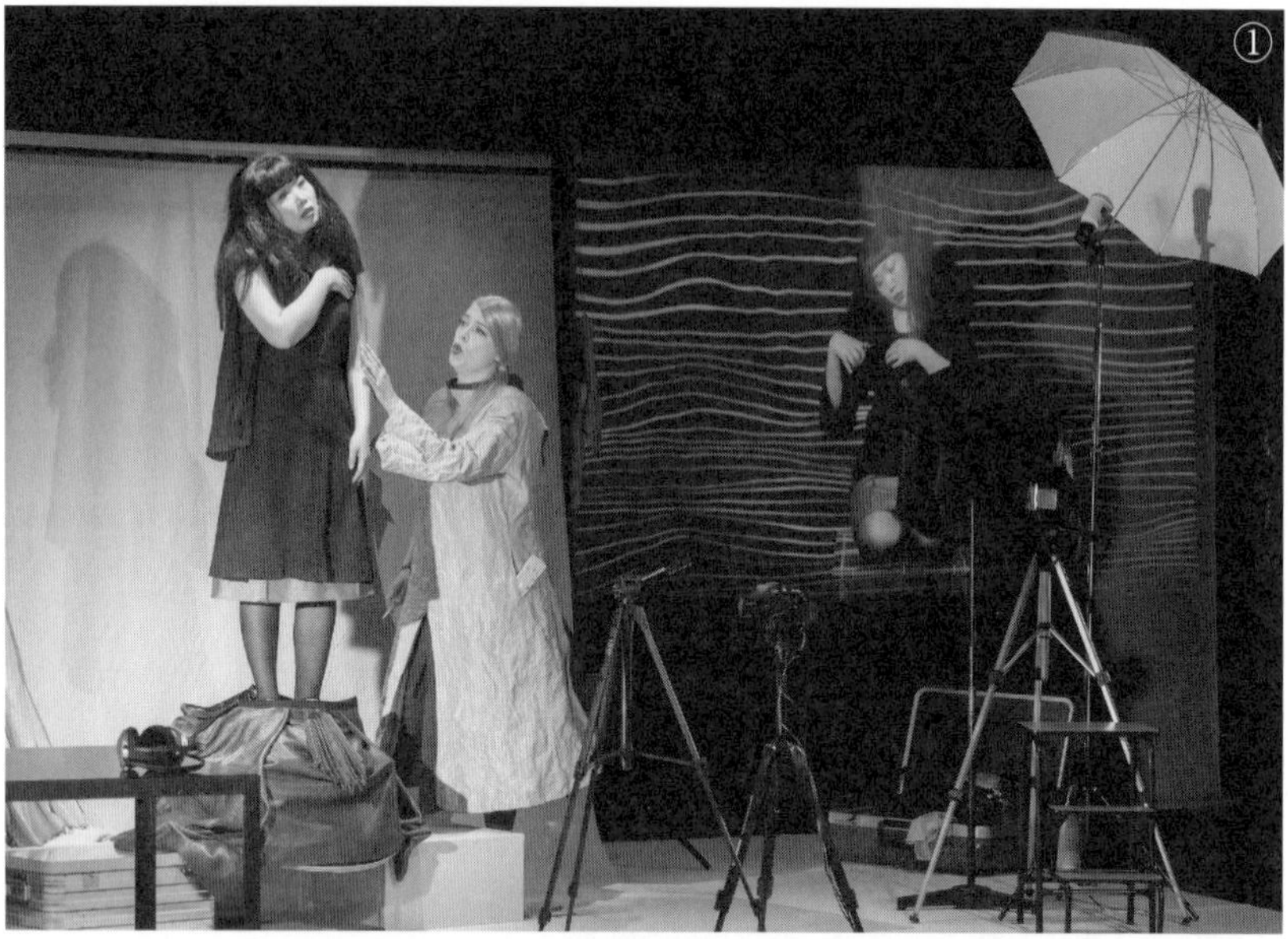
①

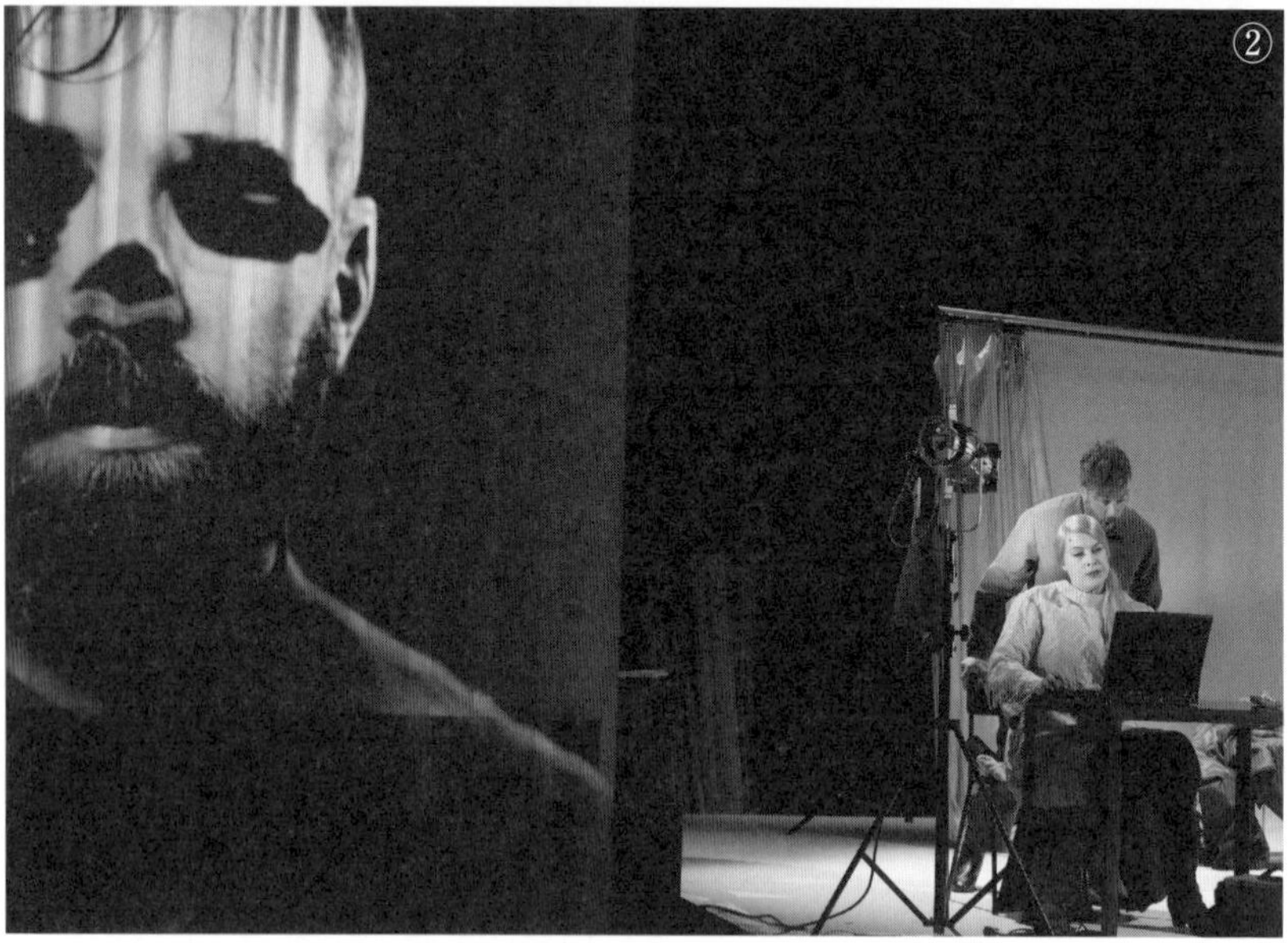
②

フロレンティン・クレッパー演出《班女》より。
Foto : Philipp Zinniker / Konzert Theater Bern

①第三場。スタジオで花子（Yun-Jeong Lee）に撮影用のポーズをつける実子（Claude Eichenberger）。
②第四場。「髑髏のような顔」として映像上にあらわれる吉雄の顔。
③第四場。アトリエを訪れた吉雄（Robin Adams）の顔に、映像上で部分的に不可視になる効果をもたらす緑の塗料を塗っていく実子。
④第五場。吉雄が花子に否定されたのを聞き、起き上がって撮影を続ける実子。

2　実子の「作品」と「人生」

スタジオに戻ってきた花子を着替えさせ、撮影台の上にのせて、実子は撮影しながら話を続ける（写真①）。その背後にはいま撮っているのとは別の、おそらく過去の実子の作品が流れているのだが、その中には花子が身に着けている赤いドレスにきわどく切り込みが入れられる場面や、下着姿の花子が黒いテープに巻かれていく場面など、暴力的な欲望を思わせる映像がおりおりに見られる。写真などで見る限り、これまでの《班女》上演の中で、ビエイト演出を除いて、実子と花子の間に存在しうる性愛要素がもっとも表にだされた場面になっているのではないか。そしてまた、行為の主体が見えない状態でのこうした映像と、実子が映像の中で自分の身体を「消して」いることの間には連関が推測される。この個人としての欲望を持つ実子自身の具体的な「身体」は、芸術家としての「目」にとって邪魔なものなのかもしれないと思わされる。

但し、こうした映像での強烈な欲望の露呈は実子の内心の葛藤の漏出かもしれないが、それがそのまま花子に対する一方的な支配関係として実現してしまっているわけではない。映像の外の二人の関係は、ごく穏やかに寄り添うものとして描かれている。クレッパーは、そもそも彼女が花子を求める気持ちには、アーティストとして自分に欠けている要素を補う部分があると考えている。実子にとって、花子をいろいろなレベルで自分のアートに必要なものとして描くことは、二人の関係をより繊細なものとして表現するために有効だろう。

> 実子は自分自身で感じることを避けようとしていますが、芸術的にアクティヴであるために、感情的な起伏を経験する身代わりを求めています。逆に花子は、自分の感情の状態を美的に実現してくれる誰か、自分の「待つ」という行為を考え捉えてくれる誰かを求めている。ですから、この二人は互いに補完し合っているのです。［中略］私たちはこれを［中略］相互の同意に基づく人為的な構造であると考えることにしました。(23)

吉雄（ロビン・アダムズ）の登場は、音楽が示す通り、多分にぶしつけで暴力的である。そして、クレップラー演出で興味深いのは、吉雄と実子の関係に性的な要素が入り込んでおり、その土台に音楽的な示唆があることである。前述のプログラム対談で、指揮者のケヴィン・ジョン・エドゥセイは、音楽的に花子と吉雄の間には何も感じられないが、実子と吉雄の間には「エロティックな緊張関係」の存在が認められると語っている。[24] 確かにこの二人の対話のシークエンスは決闘のように容赦なく相手に斬り込んでいくもので、実子はうかつにも吉雄に導かれて自分の弱みを言葉でさらしてしまい、花子が呼びこまれてくる直前には実子はほぼ絶望に床に這いつくばっているほどである。強い敵意の応酬から、次第に自信を失う実子が弱ってゆき、最後には哀願に至るこの場面の音楽の熱さは、性的な情熱の応酬に近いものなのかもしれない。

クレップラーはここで、実子から吉雄の顔、眼の下にグリーンの塗料を塗らせ、黒い眼窩を強調した「髑髏」のような顔になって映る映像をつくらせた（写真②）。もちろんこれは後に花子が登場して口にする「あなたも髑髏だわ。骨だけのお顔。骨だけのうつろな目で（以下略）」[25] という言葉の先取りであろう。この「顔」には、「誰にも愛されない」[26]「老嬢」であるだけで男性中心社会の中で不当に確たる居場所を得られなかった実子が――そして女を消費物とする芸者の社会で心身を壊された花子が――「世界中の男」[27] に抱いている恨みと不信を具現化したような禍々しさが感じられる。

だが同時に、実子が吉雄の背後に立ち、ほぼ密着しながらその顔に塗料をじかに指で塗っていく姿には、確かに映像を挟まないところでの直接的に官能的な要素も感じられた（写真③）。それは彼らの交わす言葉の熱と接近度が音楽へともたらした、言葉のロジックを超え相互に向かう欲動を反映するものだろう。同時に、吉雄のほうも強気で対話を進める中、彼女にセクシュアルな接触をしかけていく。最終的に彼は、クロマキーコートの中に手を入れて実子の身体をまさぐることまでするのである。

花子が登場して吉雄と対話を始めた時、実子は彼に突き飛ばされたまま床に転がっている。しかし実はその手にはヴィデオカメラが握られており、彼女は二人に背を向け、会話だけ聴きながら自分を撮っている。そこで撮影された実子の「目」のアップが奥のスクリーンに大きく投影される。実子は、花子を愛する者としては圧倒的な敗北感を感じつつ床に転がりながら、状況を観察することを欲するアーティストとしての「目」としての自分を捨てることはできない。作品の中で「肉体」を消してきた彼女が、人生の苦境にあって最後に残そうとしたのが自分の「目」であることは、彼女の中でのアーティストとしてのアイデンティティの大きさを強く訴えている。ここまで展開してきた、映像と生身の肉体での多重的語りにも意味が乱反射するプリズム性は充溢していたが、この「目」だけになった、ほとんどシュールレアリスティックな映像になった場面は、これまでにない「詩」的な瞬間となっていたのではないだろうか。

間もなく、花子が吉雄を決定的に拒絶し、実子にとっての決定的脅威は去る。吉雄がおろおろと崩れていくのと逆行するように、彼女は文字通り自分を立て直し、カメラを持ったまま身を起こしていく。彼女は自分の背後によりそってきた花子ごと自分を撮りはじめ、吉雄に「おかへりなさい。もうあきらめたはうがいいわ。」[28]と引導を渡すのだ（写真④）。彼が去った後、花子はみずから撮影台に乗ってポーズを取り、実子は必要なセッティングをすると、グリーンのクロマキーコートをたたんでしまい、パソコンの前に向かう。二人の生身の身体は少し離れたところにあるが、実子は映像の中で「消える」ことをやめ、二人はともに存在している。本人同士の目は合わせられていなくても、少なくとも映像においては、実子は自分を消さずに花子と向かい合うことを選ぶようになった。作品と実人生が分かちがたく結びついたアーティストにおいて、奇妙な距離感を保っての「関係の前進」がみられたと言っていいだろう。

音楽に描かれたこの二人の関係性について、指揮者エドゥセイは、実子と花子の関係が五度の和声によって対に結ばれており、「これは特に、二人がCとGを歌う最後の二重唱において顕著」であると指摘している。[29]「ここには二人の女性の結び付きについて多くを語る安定が存在」し、だからこそ演出家もここに「小さなユートピア」を見出したと言えるのだろう。但し細川自身の言によれば、この最後の五度については、主和音から真ん中の音を抜いた故にどこか安定性を欠いた和声としてこの「空虚の五度」を使用したということである。[30]

七　岩田達宗演出における「絵」

1　新聞からインターネットへ

二〇一八年一月末、《班女》は細川の故郷にある広島で二度目の新演出を迎えていた（二〇一八年一月二七日、二八日、筆者の鑑賞は初日）。細川は広島にあるエリザベト音楽大学の客員教授でもあり、「ひろしまオペラ・音楽推進委員会」の音楽監督として、「HAPPY NEW EAR 広島の新しい耳」というコンサート・オペラシリーズを企画し、世界最先端の新しい音楽を、広島交響楽団や地元の演奏家たち、そして世界から集められた一流の奏者たちとのコラボレーションで広島の地にとどけてきている。そして、《班女》もその一環という位置づけで上演された。二〇一二年の初演は演劇畑の作家・演出家である平田オリザ演出であり、今回はオペラをメインに活躍する演出家である岩田達宗演出であった。「ひろしまオペラルネサンス」で、広島で上演される普段の公演にも演出家として何度もかかわってきた岩田の演出で、地元で活躍する歌手を中心に上演されたことは、中国地方の音楽シーンにとって貴重な経験ともなったであろう。

そして広島での会場は前回の平田演出に引き続き、アステールプラザの中劇場という「能舞台」となった。このような会場で上演できることにももちろん大きな意味があるだろう。

開演前の客入れの時から、その能舞台の上では床に座り込んだ実子（福原寿美枝）がハサミで紙（新聞紙）を切っている。切り刻んだ新聞紙の落とされる先には、首から落ちた椿と山茶花の白い花が、若干変色してはいるが、雪の吹き溜まりのように積もっている。落ちた花は季節の巡りを示し、ここで積み重ねられた時間の厚みを感じさせる。実子が切り刻んだ新聞の積み重ねもまた「時間」の堆積物だ。実子はそうして花子（半田美和子）の「待ち人」との再会への手掛かりとなるかもしれない「駅で男の訪れを待つ狂女」の記事を隠匿しようとする。実子役の福原は、英語発音に若干の難があるものの、その声の深く暗い響きは実子のねっとりした情念をまとった女の姿を実体をもって描き出す。

実子は、その身体はこの部屋に閉じこもる一方で、インターネットにつながっているパソコンを使い、非常に現実的に「外」の様子をうかがっている（写真⑤）。紙の新聞だけでなく、ネット情報もまた、実子を脅かす。原作の実子は、新聞記事の中でその住所を堂々とさらされていた。個人情報保護という意識などそもそも存在しない時代、こうした雑な情報管理に怯えていたのを現代に置き換えれば、そういうことになるだろうか。このネットの時代には、誰であれ、隠れて生きようとしてもかならず探し出してさらされてしまう。機械的に情報が繋げられ、繋がる気もない人たちが突然繋がってしまうのだ。演出家自身もプログラムの演出ノートで、実子が「覚悟を持って現実世界に対して窓を閉ざそうと」しても、それは原作の時点でも難しいことだったが、この「インターネットが作る監視と管理の窓が世界中の至る所に開いている我々の生きている現代の社会ではもっと事態は切実だ」と指摘している。[31] それはもはや、個人の尊厳にたいする一種の暴力なのだ。ともあれ、どうにも耳に残るパチン、パチン、という切断音は、どれだけ彼女が引きこもろうとしようが、時計が時間を刻み前へ進む音を、世界は「外」で動いているのだという現実を連想させる。

2 実子の「絵」――「松井冬子風に」ということの意味

本演出で特に興味深いのは、舞台上手奥に置かれた、実子が花子を描いた屏風絵の存在である。これは芸術家としての実子の存在を確かに裏付けるものであり、彼女の思いを形にするものでもある。前述のように、実際のところ、実子が「画家」であるという設定は、これまで単なる「有閑の人」であることの言い訳に近かったが、今回の岩田演出もまた、クレッパー演出同様、実子の「作品」を実際に提示することで彼女たちの世界観の描写を深めることに成功している。

岩田演出の舞台に登場する絵の中で、「花子」は吉雄を待っているのだろう、観る者に背を向け座り込んでいる（写真⑥）。「私以外の何かを心から愛している人」[32]という実子のセリフを実現するように、自分の方を見ずに、ひたすらに誰かを愛し、待っている、まさに実子が理想とする花子の姿がそこに描かれているのである。彼女の花子への愛／執着のありようをかくも明瞭に目に見える形にした意義は大きい。

ポストトークでの演出家の発言によれば、今回の「絵」には「松井冬子」風のものをという具体的なオーダーがあったのだという。確かに、舞台上に乗せられていた絵は、一見して松井の作品をいくつか知っていれば作者として彼女をイメージできるものとなっていた。

実子のイメージを膨らませる手掛かりとして松井の存在を示唆することの意味はなんだろうか。松井は現代日本画の世界で、異色な作品ながら大いなる人気と実力を誇る作家であり、その作風は例えばこう評されている。「モチーフは人物、花、動物、風景などで、それが幽霊画や、六道絵から想を得た死や強姦などの暴力を表す幻想画となり、狂気とディスコミュニケーションをテーマとした物語性のある画面として構築される。画面にあらわれる人物はすべて女性、少女か、西洋的で端整な顔立ちの若い女である。[33]」朽ちていく肉体や幽霊という生と死のあわいにある存在を通して、逆説的に生命の力を描くような作家である。正気と狂気、たくさんの他者のい

岩田達宗演出《班女》より。
写真提供：ひろしまオペラ・音楽推進委員会
⑤第二場。パソコンを通じてインターネットの情報に見入る実子（藤井美雪）。
⑥第四場。訪れた吉雄（山岸玲音）は、実子（福原寿美枝）を追い詰める。本書カバーの写真は別組（折河宏治・藤井美雪）による同じ場面。背後には実子の描いた花子の絵が見える。
⑦第五場。花子（半田美和子）が吉雄（山岸玲音）を否定したのち、実子（福原寿美枝）は立ち上がり、吉雄は絶望に倒れ込む。
⑧第六場。椅子に座ったまま眠るような花子（半田美和子）の横で、パソコンのケーブルを切断する実子（福原寿美枝）。

る外界と実子とふたりきりの濃密な空間、それぞれの狭間で、生きながら時間の止まっているような人生を歩む花子の姿を描くのにはぴったりの指定だったと言えるだろう。

松井の作品をめぐる文章を読んでいて目についたのは、「過程」にあってわりきれないものへの注目である。絵というものはそもそも対象物の「時」をその絵の中に止める要素があるものだが、彼女はむしろ「途中にあること」の意識を肯定的に語っている。

私はバチカン美術館のラオコーン像に惹かれます。レッシングが指摘したように、あのラオコーンの顔は苦しみの頂点ではなく、その一歩手前だからこそ美しい。それが私の心をずっと捉えています。……頂点を描ききらないことが、自分の美学につながっているとは思います。そうすることで絵画の想像力、見る側の想像力が広がるとも考えているんです。(34)

彼女の代表連作である「九相図」シリーズのテーマも、「過程」のグロテスクとそこに見出せる生命の力を重要なテーマにしている。この、「宙吊り」状態での静止に、多くの人は割り切れずに気持ちわるいと感じるような世界に留まることを、実子が、そして花子が望んでいることと、彼女の絵の世界とには共通するものがあるのではないだろうか。すべての観客がそこまでのことを知識としては知ることがないとしても、こうした文化的引用があることが演出の深みを増していくという点は重要である。

3　ユートピアの手前のサスペンス

二人の生活に、外からの脅威が乱入してくる。低弦の鳴る中、吉雄（山岸玲音）が客席の下手側通路を通って登場し、舞台に上がってくるのである。特別な足袋を履いてのこととはいえ、能舞台にこうした形で人が上がるのは異常事態であるが、彼が実子と花子にとって「外」の人間であることをこれ以上なく明確に示すステップとして意義深い。さらに、その登場に会場全体にフラッシュを点滅させるような照明を伴わせて観客の視野を拡大し、まさに嵐の到来という激しい音楽のスケールを、視覚的にも体感させるものとなっていた。

吉雄は、はなはだ不敵な表情とともに実子と花子の家に乱入してくる。彼の切り札である花子の「扇」を、剣を抜くように実子の眼前に差し出す時の姿など、まるでその剣で彼女を弱い動物としてもてあそぶような、にじみでる享楽的な残酷さがなんとも言えなかった。山岸玲音の吉雄は、明晰な英語と共に、歌と一体になったこうした性格描写が素晴しかった。クレッパー演出でも示唆されていたが、この場面の吉雄には加虐的な快感がにじみ出ており、また実子の感情の露出具合、その身の投げ出し方には性的にいたぶられるものの気配が漂っており、それは今回の両キャストでのこの場面の写真にもはっきりと切り取られている（写真⑥および本書カバーに掲載された、別キャストによる同じ場面の写真も参照のこと。）。

しかしながら、彼の優位は、実際に花子が登場して対面したところで崩れ去る。彼女は彼を、自分のずっと待っていた「吉雄さん」として認めない。演出家は演出ノートで、「実子の口から彼女の秘密や内面を無理矢理に引きずり出す吉雄の存在」は、前述のようなインターネット時代の監視社会の「暴力的」な在りようの象徴ではないかと示唆している。しかしそのような暴力的な介入も、花子の狂気による痛快とすらいえる拒絶によって終わりを迎えるのだ。「これは個人を飲みこもうとする社会のシステムに対して個人の主観、あるいは情念が勝利する瞬間なのかもしれない。[35]」

認知を求める吉雄に対して、永遠にも思える程長く引き延ばされた沈黙、そしてこのあとにつづく「ちがふわ。[36]」と否定する瞬間はこのオペラの音楽的クライマックスである。[37] 前回も花子役を歌った半田美和子は、この場面の緊張の推移、その後の三人の力関係の反転に至るまでを見事にその歌唱でリードした。ここで床に打ち伏して絶望に声を震わせる吉雄、少しずつ顔を上げ、やがて自分の理想の花子を描いた「絵」をじっくり見直した後に、余裕を見せて立ちあがる実子、この場面の三人の繊細な演技は見事であった（写真⑦）。歌手達の「呼吸」を重視した歌唱と演技を支え、大きな流れをつくっていった川瀬賢太郎指揮・広島交響楽団も素晴らしい。

花子が吉雄に再会してしまったら、花子の「待つ」状態は終わってしまい、彼女は吉雄と共に去ってしまうのではないか、というのが実子がずっと抱えていた不安だった。しかし、実際に二人が再会した時、彼女は彼を自分が待っていた人物とは認識せず、これからも「待つ」ことを続けるのだと言った。この時、実子にとっては理想的な状況が現出した。もはや「本人」すら彼女の待ち人ではありえないことが判明した今、彼女は永遠に「待つ」状態に留め置かれることになるのである。実子の「絵」に描かれた状況が、まさに実現するのである。

しかし、岩田演出では、この後に一瞬の危機が読み取れるのではないか。吉雄が去り、二人だけが残された夕暮れの中、突然、花子が実子に向かって歩いてくるのである。この瞬間、実子の顔に夕陽があたり、その困惑が映し出される。

実子はこれまで「誰にも愛されない女」であり、「万一私を愛する人が出て来たら、その人を私は憎むだらうと思ふまでになりました[38]」という程に、自分が愛し愛される関係に参加することを拒否してきた。だからこそ、絶対に相手が自分を見ないという安全圏を保障する一途な「愛」を覗いて暮らすことが、彼女にとっての「夢見てゐた生活[39]」だった。吉雄の資格喪失リタイアによってこれは永遠に実現する可能性が見えてきたが、彼女にはまだひとつ不安が残る。花子が自分に気持ちを向けて、二人の関係のバランスが失われること、自分を「見て」しまうことである。例えば、リヨンのケースマイケル演出では、最後の場面で壁の格子越しに二人の視線が交錯し、その可能性が示されたところで緊張感とともに全体が終わっていた。

岩田演出では、恋する者に向かう花子の背中をこそ見ていたいのだという実子の願望の極みが、既に「絵」を通して確認されていた。花子が実子のほうを見ながら向かっていくということのもたらす緊張感・危機感を感じ取った観客も少なくないだろう。この緊張と不安の瞬間の挿入こそが、最終的に実子の「愛」のあり方の輪郭を明瞭にしていたことを評価したい。

しかしその緊張感もつかの間、花子はくるりと方向を変え、自分の椅子にゆったりと座る。実子も安心してその背後に立ち、二人は「すばらしい人生!」(40)について声を重ねて歌う。前述のように、この部分は作曲家によれば「空虚の五度」、もっとも安定した響きである主和音から中間の一音を抜いた、どこか空虚な響きのする和音なのだそうだ。これにより、若干いびつながら、奇妙なバランスのとれた美が現出する。

実子はパソコンのところへ行ってケーブルを抜き、ハサミでこれを切る（写真⑧）。その一度限りの「パチン」という音は、時計の止まる瞬間のようだ。そして、眠るように座る花子に、白いヴェールをかける。まるで人形を保存するかのように。さらに彼女は、左手首から腕時計をはずし、白い吹き溜まりの上に落とし捨てる。

世界から自分たちを切断し、時間の歩みも止める。実子は、ただひとりの妻だけを愛でる青髭公のようなものだろうか。彼女のハサミが示していた攻撃性を考えると、もしかしたら、この後いつか「今」を「未来」「変化」から断ち切るために命を切断する日が来るのかもしれない。この場面は、実子が抱えている思いがとほうもなくあやういものであることを示している。「音」を重要な要素として演出に取り入れることには賛否両論あろうが、ここには、先程の花子の接近の瞬間とともに、岩田演出の最も詩的瞬間があったと言えよう。

ともあれ、この時点で舞台の上にあるのは、こわれやすい「今・ここ」にあるものを、可能な限り外部の干渉や変化から切断し、自分だけの部屋に大切に保存しようとする実子の姿だ。「時よ止まれ、お前は美しい。」それは、まさに自分だけの「美」を永遠にとどめようとする芸術家の姿である。これもまた、クレッパー演出と同じく、《班女》解釈の新しい可能性をのぞかせた舞台だったと言えよう。

〈追記〉本稿の一部は、『中央評論』三〇四号に掲載された「日本で細川俊夫のオペラを観る―サシャ・ヴァルツ演出《松風》、岩田達宗演出《班女》」（中央大学出版部、二〇一八年）、および中央大学人文科学研究所公開研究会「細川俊夫《班女》広島再演（二〇一八年一月）を振り返る」（二〇一八年三月六日）における発表「岩田達宗演出《班女》における絵画の役割」に基づくものである。この研究会での新田孝行氏からのコメント、および山之内英明氏の発表「細川俊夫のオペラ作品における能の影響の再検討」には大きな示唆を受けた。感謝の意を表したい。

［上演データ］

Toshio Hosokawa, *Hanjo*. (Konzert Theater Bern, 22, 24, 29 May & 1, 3, June 2016) Musikalische Leitung : Kevin John Edusei, Regie : Florentine Klepper, Bühne : Martina Segna, Kostüme : Adriane Westerbarkey, Video : Heta Multanen, Licht : Karl Morawec, Dramaturgie : Katja Bury / Hanako : Yun-Jeong Lee, Jitsuko Honda : Claude Eichenberger, Yoshio : Robin Adams. Berner Symphonieorchester.

細川俊夫《班女》（広島アステールプラザ、二〇一八年一月二七日・二八日）川瀬賢太郎（指揮）、広島交響楽団

演出：岩田達宗、美術：増田寿子、衣装：半田悦子、照明：稲田道則／［花子］半田美和子／柳清美、［実子］福原寿美枝／藤井美雪、［吉雄］山岸玲音／折河宏広

（1）細川の作品の上演記録については、楽譜の版権を管理している日本ショット社の公式サイトで確認できる。《班女》については、http://www.schottjapan.com/composer/hosokawa/works/stage/hanjo.html

（2）細川俊夫（著）、ヴァルター＝ヴォルフガング・シュパーラー［聞き手］（その他）、柿木伸之（翻訳）『細川俊夫 音楽を語る――静寂と音響、影と光』（アルテスパブリッシング、二〇一六年）、二四八頁

（3）細川俊夫、前掲書、二五五頁

（4）羽田昶「三島由紀夫の能への造詣」、松本徹・佐藤秀明・井上隆史（編）『三島由紀夫研究』⑦（鼎書房、二〇〇九

年）四六頁

（5）松本徹「詩的次元を開く」、松本徹・佐藤秀明・井上隆史（編）『三島由紀夫研究』⑦（鼎書房、二〇〇九年）四八頁

（6）「卒塔婆小町覚書」、『決定版　三島由紀夫全集』第二七巻（新潮社、二〇〇三年）六八八頁

（7）「班女」、『決定版　三島由紀夫全集』第二七巻（新潮社、二〇〇二年）、三四二頁

（8）「班女」、『決定版　三島由紀夫全集』第二三巻（新潮社、二〇〇二年）、三四三頁

（9）「班女」、三四四頁。オペラ版の台本については、リヨンでの公演プログラムに掲載された英仏対訳でのリブレットを参照した。Toshio Hosokawa, *HANJO, Livret du compositeur d'après Hanjo, pièce nô de Yukio Mishima, traduit en anglais par Donald Keene, Opéra en six scènes 2004* (Opéra national de Lyon, 2008)

（10）Claire Taylor-Joy, *The Artist-Operas of Pfitzner, Krenek and Hindemith : Politics and the Ideology of the Artist.* (Ashtage, 2004) pp. 1-2.「芸術家オペラ」におけるジェンダーバイアスについてはMichael and Linda Hutcheon, "Portrait of the Artist as an Older Man : Hans Pfitzner's *Palestrina* and Paul Hindemith's *Mathis der Maler*". in Philip Purvis(ed.), *Masculinity in opera : gender, history, & new musicology.* (Routledge, 2013) pp.223-224.

（11）Taylor-Joy, op, cit, p. 23, ,p. 25.

（12）女性画家の歴史的苦境に関しては、鈴木杜幾子・馬渕明子・千野香織（編著）『美術とジェンダー――非対称の視線』（ブリュッケ、一九九七年）、神林恒道、仲間裕子（編著）『美術史をつくった女性たち―モダニズムの歩みのなかで』（勁草書房、二〇〇三年）、女性音楽家に関しては小林緑（編著）『女性作曲家列伝』（平凡社、一九九九年）などがある。「芸術」は女性にとって、「余暇を過ごすための趣味」「基礎的教養としてアマチュアの範囲内で推奨」されるべきものだった（『美術史をつくった女性たち』七頁）。なお、役者や歌手は、「役」として女性用の枠があるためまったく同じ扱いにはならないのだが、その内部の権力構造では下に置かれる傾向があり、また様々なレベルのハラスメントの問題も存在する。

（13）*L'Avant-Scène Opéra 181, 182 : Alban Berg, Lulu.* (L'Avant-scène, 1988) p. 54.

（14）森岡実穂「《ルル》軽量化計画～R・ジョーンズ演出《ルル》（二〇〇二年、ＥＮＯ）」、『ベルク年報［10］二〇〇一

—二〇〇三』（日本アルバン・ベルク協会、二〇〇四年）八三—八四、八七頁

（15）森岡実穂「カリクスト・ビエイト、《ルル》について語る」、『ベルク年報［14］二〇〇九—二〇一〇』（日本アルバン・ベルク協会、二〇一一年）六四—六五頁

（16）"MITO 2009 Torino - Hanjo, opera in un atto", https://www.youtube.com/watch?v=STF3cwur5xU（二〇一九年九月二七日取得）

（17）ルカ・ヴェジェッティのメールでの解説による。（二〇一九年一一月一八日）

（18）批評の発行日は不明であるが、アドレスだけを示しておく。http://o-ton.online/Alt/seiten//rezensionen/Archiv/bie_hanjo.htm（二〇一九年九月二七日取得）およびパトリック・シマンスキからのメールでの回答による。（二〇一九年一二月一六日）

（19）"Toshio Hosokawa | HANJO | Ensemble Musikfabrik", https://www.youtube.com/watch?v=HrwyqowFkxw（二〇一九年九月二七日取得）

（20）代表的なものとして Ursula Decker-Bönniger "Die Schönheit des unerfüllten Begehrens" in OnlineMusikMagazine http://www.omm.de/veranstaltungen/festspiele2011/RUHR2011-hanjo.html（二〇一九年九月二七日取得）

（21）Toshio Hosokawa, *Hanjo*. Programheft. (Konzert Theater Bern, 2016) p. 15.

（22）*Hanjo*, Programheft, op. cit.

（23）*Hanjo*, Programheft, pp. 11, 14.

（24）*Hanjo*, Programheft, p. 11.

（25）『三島由紀夫全集　決定版』二三巻、三五六頁。*HANJO*, Livret, p. 56.

（26）前掲書、三五二頁。*HANJO*, Livret, p. 44.

（27）前掲書、三四五頁。*HANJO*, Livret, p. 24.

（28）前掲書、三五七頁。*HANJO*, Livret, p. 58.

（29）*Hanjo*, Programheft, p. 10.

（30）細川氏のご教示による。
（31）細川俊夫《班女》公演プログラム（ひろしまオペラ・音楽推進委員会、二〇一八年）四頁
（32）『三島由紀夫全集　決定版』二三巻、百頁
（33）長谷川祐子「アブジェクトのもうひとつのかたちをもとめて」、『美術手帳』二〇〇八年一月号「特集：松井冬子―絵画に描かれた痛みと贖罪」（美術出版社、二〇〇八年）四六頁
（34）青柳正規×松井冬子対談『美術手帳』二〇一二年二月号「特集：松井冬子」（美術出版社、二〇一二年）三六頁
（35）《班女》公演プログラム、四頁
（36）『三島由紀夫全集　決定版』二三巻、三五六頁
（37）この点については、前出のベルン公演のプログラム対談で、クレッパーがヨーロッパの演劇的なクライマックスのあり方とは違う独自なものとしてこの瞬間を挙げていたのが興味深い。*HANJO*, Programheft, op.cit, p.17.
（38）前掲書、三五二頁。*HANJO*, Livret, p. 44.
（39）前掲書、三五二頁。*HANJO*, Livret, p. 44.
（40）前掲書、三五八頁。*HANJO*, Livret, p. 62.

執筆者紹介（執筆順）

早《はや》坂《さか》七《なな》緒《お》　客員研究員　中央大学名誉教授

岩《いわ》本《もと》　剛《つよし》　研究員　中央大学経済学部准教授

伊《い》藤《とう》洋《よう》司《じ》　研究員　中央大学経済学部教授

小《こ》林《ばやし》正《まさ》幸《ゆき》　研究員　中央大学法学部教授

新《にっ》田《た》孝《たか》行《ゆき》　客員研究員　早稲田大学総合研究機構オペラ／音楽劇研究所招聘研究員

森《もり》岡《おか》実《み》穂《ほ》　研究員　中央大学経済学部准教授

芸術のリノベーション　オペラ・文学・映画

中央大学人文科学研究所研究叢書　72

2020年3月15日　初版第1刷発行

編　者　中央大学人文科学研究所

発行者　中央大学出版部

代表者　間島進吾

〒192-0393　東京都八王子市東中野742-1

発行所　中央大学出版部

電話 042(674)2351　FAX 042(674)2354

http://www2.chuo-u.ac.jp/up/

ISBN978-4-8057-5356-9

㈱TOP印刷

中央大学人文科学研究所研究叢書

1 五・四運動史像の再検討

A5判　五六四頁
（品切）

2 希望と幻滅の軌跡　反ファシズム文化運動

様々な軌跡を描き、歴史の壁に刻み込まれた抵抗運動の中から新たな抵抗と創造の可能性を探る。

A5判　四三四頁
三五〇〇円

3 英国十八世紀の詩人と文化

A5判　三六八頁
（品切）

4 イギリス・ルネサンスの諸相　演劇・文化・思想の展開

A5判　五一四頁
（品切）

5 民衆文化の構成と展開　遠野物語から民衆的イベントへ

全国にわたって民衆社会のイベントを分析し、その源流を辿って遠野に至る。巻末に子息が語る柳田國男像を紹介。

A5判　四三四頁
三四九五円

6 二〇世紀後半のヨーロッパ文学

第二次大戦直後から八〇年代に至る現代ヨーロッパ文学の個別作家と作品を論考しつつ、その全体像を探り今後の動向をも展望する。

A5判　四七八頁
三八〇〇円

中央大学人文科学研究所研究叢書

7
近代日本文学論 大正から昭和へ
時代の潮流の中でわが国の文学はいかに変容したか、詩歌論・作品論・作家論の視点から近代文学の実相に迫る。
A5判 三六〇頁
二八〇〇円

8
ケルト 伝統と民俗の想像力
古代のドイツから現代のシングにいたるまで、ケルト文化とその稟質を、文学・宗教・芸術などのさまざまな視野から説き語る。
A5判 四九六頁
四〇〇〇円

9
近代日本の形成と宗教問題〔改訂版〕
外圧の中で、国家の統一と独立を目指して西欧化をはかる近代日本と、宗教とのかかわりを、多方面から模索し、問題を提示する。
A5判 三三〇頁
三〇〇〇円

10
日中戦争 日本・中国・アメリカ
日中戦争の真実を上海事変・三光作戦・毒ガス・七三一細菌部隊・占領地経済・国民党訓政・パナイ号撃沈事件などについて検討する。
A5判 四八八頁
四二〇〇円

11
陽気な黙示録 オーストリア文化研究
世紀転換期の華麗なるウィーン文化を中心に二〇世紀末までのオーストリア文化の根底に新たな光を照射し、その特質を探る。巻末に詳細な文化史年表を付す。
A5判 五九六頁
五七〇〇円

12
批評理論とアメリカ文学 検証と読解
一九七〇年代以降の批評理論の隆盛を踏まえた方法・問題意識によって、アメリカ文学のテキストと批評理論を多彩に読み解き、かつ犀利に検証する。
A5判 二八八頁
二九〇〇円

中央大学人文科学研究所研究叢書

13
風習喜劇の変容　王政復古期からジェイン・オースティンまで
王政復古期のイギリス風習喜劇の発生から、一八世紀感傷喜劇との相克を経て、ジェイン・オースティンの小説に一つの集約を見る、もう一つのイギリス文学史。
A5判　二六八頁
二七〇〇円

14
演劇の「近代」　近代劇の成立と展開
イプセンから始まる近代劇は世界各国でどのように受容展開されていったか、イプセン、チェーホフの近代性を論じ、仏、独、英米、中国、日本の近代劇を検討する。
A5判　五三六頁
五四〇〇円

15
現代ヨーロッパ文学の動向　中心と周縁
際だって変貌しようとする二〇世紀末ヨーロッパ文学は、中心と周縁という視座を据えることで、特色が鮮明に浮かび上がってくる。
A5判　三九六頁
四〇〇〇円

16
ケルト　生と死の変容
ケルトの死生観を、アイルランド古代／中世の航海・冒険譚や修道院文化、またウェールズの『マビノーギ』などから浮かび上がらせる。
A5判　三六八頁
三七〇〇円

17
ヴィジョンと現実　十九世紀英国の詩と批評
ロマン派詩人たちによって創出された生のヴィジョンはヴィクトリア時代の文化の中で多様な変貌を遂げる、英国十九世紀文学精神の全体像に迫る試み。
A5判　六八八頁
六八〇〇円

18
英国ルネサンスの演劇と文化
演劇を中心とする英国ルネサンスの豊饒な文化を、当時の思想・宗教・政治・市民生活その他の諸相において多角的に捉えた論文集。
A5判　四六六頁
五〇〇〇円

19 ツェラーン研究の現在　詩集『息の転回』第一部注釈

二〇世紀ヨーロッパを代表する詩人の一人パウル・ツェラーンの詩の、最新の研究成果に基づいた注釈の試み、研究史、研究・書簡紹介、年譜を含む。

A5判　四四八頁
四七〇〇円

20 近代ヨーロッパ芸術思潮

価値転換の荒波にさらされた近代ヨーロッパの社会現象を文化・芸術面から読み解き、その内的構造を様々なカテゴリーへのアプローチを通して、解明する。

A5判　三四四頁
三八〇〇円

21 民国前期中国と東アジアの変動

近代国家形成への様々な模索が展開された中華民国前期（一九一二～二八）を、日・中・台・韓の専門家が、未発掘の資料を駆使し検討した国際共同研究の成果。

A5判　五九二頁
六六〇〇円

22 ウィーン　その知られざる諸相
もうひとつのオーストリア

二〇世紀全般に亙るウィーン文化に、文学、哲学、民俗音楽、映画、歴史など多彩な面から新たな光を照射し、世紀末ウィーンと全く異質の文化世界を開示する。

A5判　四二四頁
四八〇〇円

23 アジア史における法と国家

中国・朝鮮・チベット・インド・イスラム等における古代から近代に至る政治・法律・軍事などの諸制度を多角的に分析し、「国家」システムを検証解明する。

A5判　四四四頁
五一〇〇円

24 イデオロギーとアメリカン・テクスト

アメリカン・イデオロギーないしその方法を剔抉、検証、批判することによって、多様なアメリカン・テクストに新しい読みを与える試み。

A5判　三二〇頁
三七〇〇円

中央大学人文科学研究所研究叢書

25 ケルト復興

一九世紀後半から二〇世紀前半にかけての「ケルト復興」に社会史的観点と文学史的観点の双方からメスを入れ、複雑多様な実相と歴史的な意味を考察する。

Ａ５判　五七六頁
六六〇〇円

26 近代劇の変貌　「モダン」から「ポストモダン」へ

ポストモダンの演劇とは？　その関心と表現法は？　英米、ドイツ、ロシア、中国の近代劇の成立を論じた論者たちが、再度、近代劇以降の演劇状況を鋭く論じる。

Ａ５判　四二四頁
四七〇〇円

27 喪失と覚醒　19世紀後半から20世紀への英文学

伝統的価値の喪失を真摯に受けとめ、新たな価値の創造に目覚めた、文学活動の軌跡を探る。

Ａ５判　四八〇頁
五三〇〇円

28 民族問題とアイデンティティ

冷戦の終結、ソ連社会主義体制の解体後に、再び歴史の表舞台に登場した民族の問題を、歴史・理論・現象等さまざまな側面から考察する。

Ａ５判　三四八頁
四二〇〇円

29 ツァロートの道　ユダヤ歴史・文化研究

一八世紀ユダヤ解放令以降、ユダヤ人社会は西欧への同化と伝統の保持の間で動揺する。その葛藤の諸相を思想や歴史、文学や芸術の中に追求する。

Ａ５判　四九六頁
五七〇〇円

30 埋もれた風景たちの発見　ヴィクトリア朝の文芸と文化

ヴィクトリア朝の時代に大きな役割と影響力をもちながら、その後顧みられることの少なくなった文学作品と芸術思潮を掘り起こし、新たな照明を当てる。

Ａ５判　六五六頁
七三〇〇円

中央大学人文科学研究所研究叢書

31
近代作家論
鷗外・茂吉・『荒地』等、近代日本文学を代表する作家や詩人、文学集団といった多彩な対象を懇到に検証、その実相に迫る。
A5判　四三二頁
四七〇〇円

32
ハプスブルク帝国のビーダーマイヤー
ハプスブルク神話の核であるビーダーマイヤー文化を多方面からあぶり出し、そこに生きたウィーン市民の日常生活を通して、彼らのしたたかな生き様に迫る。
A5判　四四八頁
五〇〇〇円

33
芸術のイノヴェーション　モード、アイロニー、パロディ
技術革新が芸術におよぼす影響を、産業革命時代から現代まで、文学、絵画、音楽など、さまざまな角度から研究・追求している。
A5判　五二八頁
五八〇〇円

34
剣と愛と　中世ロマニアの文学
一二世紀、南仏に叙情詩、十字軍から叙事詩、ケルトの森からロマンスが誕生。ヨーロッパ文学の揺籃期をロマニアという視点から再構築する。
A5判　二八八頁
三一〇〇円

35
民国後期中国国民党政権の研究
中華民国後期（一九二八～四九）に中国を統治した国民党政権の支配構造、統治理念、国民統合、地域社会の対応、対外関係・辺疆問題を実証的に解明する。
A5判　六四〇頁
七〇〇〇円

36
現代中国文化の軌跡
文学や語学といった単一の領域にとどまらず、時間的にも領域的にも相互に隣接する複数の視点から、変貌著しい現代中国文化の混沌とした諸相を捉える。
A5判　三四四頁
三八〇〇円

37
アジア史における社会と国家
国家とは何か？　社会とは何か？　人間の活動を「国家」と「社会」という形で表現させてゆく史的システムの構造を、アジアを対象に分析する。

A5判　三五二頁
三八〇〇円

38
ケルト　口承文化の水脈
アイルランド、ウェールズ、ブルターニュの中世に源流を持つケルト口承文化——その持続的にして豊穣な水脈を追う共同研究の成果。

A5判　五二八頁
五八〇〇円

39
ツェラーンを読むということ
詩集『誰でもない者の薔薇』研究と注釈
現代ヨーロッパの代表的詩人の代表的詩集全篇に注釈を施し、詩集全体を論じた日本で最初の試み。

A5判　五六八頁
六〇〇〇円

40
続　剣と愛と　中世ロマニアの文学
聖杯、アーサー王、武勲詩、中世ヨーロッパ文学を、ロマニアという共通の文学空間に解放する。

A5判　四八八頁
五三〇〇円

41
モダニズム時代再考
ジョイス、ウルフなどにより、一九二〇年代に頂点に達した英国モダニズムとその周辺を再検討する。

A5判　二八〇頁
三〇〇〇円

42
アルス・イノヴァティーヴァ
レッシングからミュージック・ヴィデオまで
科学技術や社会体制の変化がどのようなイノヴェーションを芸術に発生させてきたのかを近代以降の芸術の歴史において検証、近現代の芸術状況を再考する試み。

A5判　二五六頁
二八〇〇円

43
メルヴィル後期を読む
複雑・難解であることが知られる後期メルヴィルに新旧二世代の論者六人が取り組んだもので、得がたいユニークな論集となっている。
A5判　二四八頁
二七〇〇円

44
カトリックと文化　出会い・受容・変容
インカルチュレーションの諸相を、多様なジャンル、文化圏から通時的に剔抉、学際的協力により可能となった変奏曲（カトリシズム（普遍性））の総合的研究。
A5判　五二〇頁
五七〇〇円

45
「語り」の諸相　演劇・小説・文化とナラティヴ
「語り」「ナラティヴ」をキイワードに演劇、小説、祭儀、教育の専門家が取り組んだ先駆的な研究成果を集大成した力作。
A5判　二五六頁
二八〇〇円

46
档案の世界
近年新出の貴重史料を綿密に読み解き、埋もれた歴史を掘り起こし、新たな地平の可能性を予示する最新の成果を収載した論集。
A5判　二七二頁
二九〇〇円

47
伝統と変革　一七世紀英国の詩泉をさぐる
一七世紀英国詩人の注目すべき作品を詳細に分析し、詩人がいかに伝統を継承しつつ独自の世界観を提示しているかを解明する。
A5判　六八〇頁
七五〇〇円

48
中華民国の模索と苦境　１９２８～１９４９
二〇世紀前半の中国において試みられた憲政の確立は、戦争、外交、革命といった困難な内外環境によって挫折を余儀なくされた。
A5判　四二〇頁
四六〇〇円

49
現代中国文化の光芒
文字学、文法学、方言学、詩、小説、茶文化、俗信、演劇、音楽、写真などを切り口に現代中国の文化状況を分析した論考を多数収録する。
A5判　三八八頁
四三〇〇円

50
アフロ・ユーラシア大陸の都市と宗教
アフロ・ユーラシア大陸の都市と宗教の歴史が明らかにする、地域の固有性と世界の普遍性。都市と宗教の時代の新しい歴史学の試み。
A5判　二九八頁
三三〇〇円

51
映像表現の地平
無声映画から最新の公開作まで様々な作品を分析しながら、未知の快楽に溢れる映像表現の果てしない地平へ人々を誘う気鋭の映像論集。
A5判　三三六頁
三六〇〇円

52
情報の歴史学
「個人情報」「情報漏洩」等々、情報に関わる用語がマスメディアをにぎわす今、情報のもつ意義を前近代の歴史から学ぶ。
A5判　三四八頁
三八〇〇円

53
フランス十七世紀の劇作家たち
フランス十七世紀の三大作家コルネイユ、モリエール、ラシーヌの陰に隠れて忘れられた劇作家たちの生涯と作品について論じる。
A5判　四七二頁
五二〇〇円

54
文法記述の諸相
中央大学人文科学研究所「文法記述の諸相」研究チーム十一名による、日本語・中国語・英語を対象に考察した言語研究論集。
A5判　三六八頁
四〇〇〇円

中央大学人文科学研究所研究叢書

55
英雄詩とは何か
古来、いかなる文明であれ、例外なくその揺籃期に、英雄詩という文学形式を擁す。『ギルガメシュ叙事詩』から『ベーオウルフ』まで。
A5判 二六四頁
二九〇〇円

56
第二次世界大戦後のイギリス小説
ベケットからウインターソンまで
一二人の傑出した小説家たちを俎上に載せ、第二次世界大戦後のイギリスの小説の豊穣な多様性を解き明かす論文集。
A5判 三八〇頁
四二〇〇円

57
愛の技法 クィア・リーディングとは何か
批評とは、生き延びるために切実に必要な「技法」であったのだ。時代と社会が強制する性愛の規範を切り崩す、知的刺激に満ちた論集。
A5判 二三六頁
二六〇〇円

58
アップデートされる芸術 映画・オペラ・文学
映画やオペラ、「百科事典」やギター音楽、さまざまな形態の芸術作品を「いま」の批評的視点からアップデートする論考集。
A5判 二五二頁
二八〇〇円

59
アフロ・ユーラシア大陸の都市と国家
アフロ・ユーラシア大陸の歴史を、都市と国家の関連を軸に解明する最新の成果。各地域の多様な歴史が世界史の構造をつくりだす。
A5判 五八八頁
六五〇〇円

60
混沌と秩序 フランス十七世紀演劇の諸相
フランス十七世紀演劇は「古典主義演劇」と呼ばれることが多いが、こうした範疇では捉えきれない演劇史上の諸問題を採り上げている。
A5判 四三八頁
四九〇〇円

61
島と港の歴史学
「島国日本」における島と港のもつ多様な歴史的意義、とくに物流の拠点、情報の発信・受信の場に注目し、共同研究を進めた成果。
A5判　二四四頁
二七〇〇円

62
アーサー王物語研究　源流から現代まで
中世ウェールズの『マビノギオン』からトールキンの未完物語『アーサーの顚落』まで、「アーサー王物語」の誕生と展開に迫った論文集。
A5判　四二四頁
四六〇〇円

63
文法記述の諸相Ⅱ
中央大学人文科学研究所「文法記述の諸相」研究チーム十名による、九本を収めた言語研究論集。本叢書54の続編を成す。
A5判　三三二頁
三六〇〇円

64
続　英雄詩とは何か
古代メソポタミアの『ギルガメシュ叙事詩』からホメロス、古英詩『モールドンの戦い』、中世独仏文学まで英雄詩の諸相に迫った論文集。
A5判　二九六頁
三二〇〇円

65
アメリカ文化研究の現代的諸相
転形期にある現在世界において、いまだ圧倒的な存在感を示すアメリカ合衆国。その多面性を文化・言語・文学の視点から解明する。
A5判　三一六頁
三四〇〇円

66
地域史研究の今日的課題
近世～近代の地域社会について、庭場・用水・寺子屋・市場・軍功記録・橋梁・地域意識など、多様な視角に立って研究を進めた成果。
A5判　二〇〇頁
二二〇〇円